最好的年龄才刚刚开始

十二 著

The best age has just begun

浙江出版联合集团
浙江文艺出版社

前 言

我们的青春，最欠缺的是什么

我人生中最伤心的年龄，是在二十岁。

失了恋，走在校园的林荫道上，戴着耳机，整个人失魂落魄，眼泪突然就滚了下来。晚上躺在寝室里，室友已经酣然入睡，只有我还辗转反侧，脑海里一幕幕跑过，恨意翻涌。

那个时候对人说，我想我以后再也不会这样去爱了。说这句话时，是百分百真心这么以为的，绝不是矫情，也不是想引谁同情。

那个时候，我对时光的领悟太浅，我对人生的所见太短。所以，太容易对一切下定论，好像这辈子也是这样了。在这样的心境下，不可能不迷茫，不可能不惶恐。

然后就是毕了业，一年丢了三部手机，被偷两部，被骗一部。忐忑不安地想，如何跟父母解释，那个花了他们一个月薪水买的手机又没了。

对这个城市完全无法融入，对人情淡薄完全无法释怀，对世界感到的不只是迷茫惶恐，还有更多的畏惧害怕。

二十五岁之前的时光原来比二十岁更难度过，因为青春散场，因为分崩离析，因为我们各自失散，去了一个陌生战场，孤军作战。

没有人例外。梦想不敢再想，诺言不敢再许，除了努力让自己活下去。于是，最抚慰人的事，是吃顿好的。最温柔的时光，是听偶像剧里男主说的情话。

大多数时间，举目四望，都是和我们同样仓皇的同龄人。在情绪失控的时刻，仿佛置身于狂野，风呼呼地穿膛而过，那心是洞开的，完全抵挡不住那寒意。

如此种种，对现在的我来说，其实都画面模糊，甚至我都已想不出来那滋味是不是真的苦涩。大概，每个人的青春，在逝去后，很快都将是模糊的，你已不愿再多提起。可是，当你正在经历那一切的时候，你的痛就是那样铺天盖地。

有一天当我回望那些的时候，我心中安宁笃定，我写了《最好的年龄才刚刚开始》。那种心绪，我相信，终有一天，你们一定可以了解。我相信，只要努力感悟、努力向前的人，都会在后青春期的尾巴上发现有史以来最好的那个自己。

人，是需要一些苦痛来让后半生学会感恩的。人，也是需要一些彷徨，来学会自爱的。心上的血浇灌出的花，那种美与众不同。

而我也终于知道，在青春散场之后，我的后青春时代最欠缺的是什么。不是金钱，不是旅行，不是美衣华服。不是其他，而是陪伴。

我们害怕的黑夜、旷野、独居，都是因为无人陪伴。如果有人陪伴，奋斗也并不那么令人畏惧。如果有人一同上路，梦想也不再遥不可及。

可在那么一段时光，因着与父母的疏离，因着不知该对谁言，因着在人群里的沉默，因着以为自己的苦他人无法体会和理解，因着不再满足于一起吃吃喝喝逛逛的那种陪伴——是的，那种浮于表面的陪伴，已经不能称之为陪伴——就那样孤独地被抛到人群里。人和事对我们越来越挑剔，我们开始比以往更疑惑、更茫然、更矛盾。找不到合适的人恋爱，怎么办？是留在大城市，还是回到小城市？工作上看不到未来，怎么办？那曾经的梦想遥遥无期，怎么办？没有人给我们指出该往哪里走；身边的人都同样地捉襟见肘，都更慌忙地努力做一个合格的成年人。

所以，觉得一步步走得格外辛苦。所以，渴望一种更深层次的陪伴：能够懂你在坚持什么，能够让伤痛的你平静下来，能够互相鼓励着一起相信明天会更好。

对于开始逐渐成熟的我们来说，“陪伴”这个词原本很简单，如今却是那么难。那不是一个人和你同处一室，或者近在身边，你就能感觉是被“陪伴”着的。奇怪的是，那个人或许远在千里之外，甚至他都不认识你，你却会觉得，他是在“陪伴”你。

在科幻世界里，人类的灵魂可以分化出一个精灵，它跟你同生死，永恒追随陪伴你。这无疑是人类试图打败孤独的最美好的幻想。

精灵当然不可能有。但陪伴，除了找到那么一个人，还可以更加多样化的。它可以是戴在胸口的项链，是一双穿着走远路也不会疼痛的鞋，是一个永远等着你拨过去的电话号码，是打开喷上的瞬间就感觉美丽的香水，是时刻放在包里的日记本，是一本你想放在枕边的书——也可以就是你自己。

于是，我逐渐放平心态去面对人世的一切交往。于是，我逐渐治愈了自己——是从我能够自己陪伴自己开始。我足够爱自己，我才能陪伴自己。而能把自己陪伴好的人，身上会有不一样的光彩，没有戾气，平静，有趣，一团和气，许多人都会想接近你。

在我最好的年龄，我学会自己陪伴自己，这是青春给我最好的馈赠。我开始收获了一帮可能会陪伴我终身的闺蜜，然后，是一个我希望他能陪伴我到老的人。

这一本书，我不想讲任何道理。因为所有的道理都隐藏在你的心间，只是你选择找寻它，或者忽略它。再高明的文字，也只能点出在你心中本来就已若隐若现的道理，让那些你疑惑的变得坚定，让那些你茫然的变得清晰，让那些你矛盾的变得简单。我觉得，这才是写作的人应该去做的事。

写作的人，不该是偶像。我也不想做偶像。做偶像太累，我没有那么完美，也不想被偶像束缚住。有一个姑娘说，那就不要做偶像，只要一直写字给我们看就好。

我想了想。我就做一个用文字陪伴你们的人好了。我们一起成为更好的自己。我们一起走向更好的年龄。青春散场，陪伴仍在。这是我写作的初衷，也希望真的能够温暖你们。

让我们接下来的人生，都有人来分享更好的你，都有人来证明你已变得更好。

目　录

Chapter 1
好姑娘都站在人渣的肩膀上

Chapter 2

为什么他还没有来

Chapter 3

因为懂得，所以慈悲

Chapter 4

记住，你被很多人爱着

Chapter 5
其实，最好的年龄才刚刚开始

Chapter 1

好姑娘都站在人渣的肩膀上

"一个男人，一段爱情，可能把一个女人带到天堂，

也可能把一个女人送下地狱。"

我 终 于 失 去 了 你

1

一个女人。在天河机场。

12 日下午的飞机到银川。

12 日晚，机场通知，西安大雪，飞机延误，期限未知。

她在机场，如女战士奔赴战场一般坚毅地说：不管从哪儿转机，即便转半个中国，我今天一定要到银川。

可是北京下雪，郑州大雪，太原大雪，所有所有北方的城市，好似都约定在这一天下雪。这个娇媚的高跟鞋女人，在机场叫嚣：我要去银川！我要去银川！

14日凌晨近1点。一天一夜，她终于到了银川。种种这般，不过是为了一个男人，一个认识了十年仍然不管风雪要向他靠近的男人。

夜奔的双鱼座，迷蒙的双眼突然炯炯有神，遇佛杀佛，遇神杀神，势如破竹。

2

一个女人，在她最美好的年纪，用了五年培养鞭策一个男人，在所有人都以为他们要走入婚姻的时候，她突然告诉我，她爱上了一个比她小两岁的男人，一个除了年轻一无所有的男人。这个从来养尊处优不曾为任何人吃苦的女人，告诉我，她愿意放弃，并且相信现在这个男人将来一定会有出息。

我问她，你真的想好了吗？她只是固执地说，等你见到他再来评判我的选择。

懦弱的双鱼座，这样义无反顾，举着爱的旗帜，放弃她多年的疆土，投奔一片荒原，闪耀着拓荒者的理想光芒。

我在这个雨夜，看到她，心中无法自抑地生出一种悲愤。

手脚冰凉，捧着水杯也无法再温暖起来。我心底是为她们感到骄傲的，可是悲从何来？

我不再有那么一个不管风雨雷电，都想奔赴的人。或者说，我再也没有那样一种心情和勇气，不再有宁愿丢掉全世界也不愿意丢弃的人。

我丢了那个纯粹的我。

我终于失去了你。

3

深圳纵贯线演唱会。李宗盛在台上演唱：

我终于让千百双手在我面前挥舞

我终于拥有了千百个热情的笑容

我终于让人群被我深深地打动

我终于失去了你

那一刻，我为这几句歌词伤心得无以复加。

夜风冷冷地吹过。

你问：还回来吗？回哪里？

彼时彼刻，已经站在完全不同的路上。

我失去的是谁，已经不重要。重要的其实是，我失去了当时当刻爱过你的我，我失去了当时当刻被你爱过的我。怎样失去的？何时失去的？印迹已经模糊。说谁对谁错已经没有意义，只怪你我有一颗不安静的心。

夜奔的女人说：有那样一个可夜奔的男人，也未必是幸福的。只是你还那么年轻，却活得太清醒。

亲爱的，我想我是取错了名字，我多想像你的名字那样，“只为欢喜”。

只为欢喜，幸福不幸福，纠结不纠结，都不重要，那一刻觉得欢喜就好。

可是，我已经做不到了。

为这点做不到而悲愤，在这冷冷的雨夜，喝下一杯冰百利。我热爱那巧克力的甜蜜中夹杂着的辛辣，好似年少时在街灯下亲吻一个刚刚抽过烟的男孩。

4

有人问：为什么难过呢？我说：只可意会，不可言传。

他说：那么，我们来讲一个故事吧。小兔子要渡河，它是因为没有桨，船坏了，还是因为不会划船而难过呢？

——小兔子难过，是因为回头看，一个人都望不到。

——回头没有人，可是前面会有人啊。

——可是雾太大，它看不见。

——那你让那个人点一盏灯，一定要橘黄色的，灯光可以穿越雾气。

我想问：那点灯的人在哪里？可是突然，就那样变得开心起来，觉得上面这个问题已是多余的了。

留不住的始终留不住，它已经从指缝滑落，从眼底溜走，不见踪迹，好在另一只手还攥着一把时光。在那时光里，或许会变成不羁的风，或者是一只找寻港湾的船。

总归会有个结果的。烧完青春，总得有一个大结局。

人生之苦，不是苦行僧。第二苦，是不见来路。第一苦，是不见去路。今天永远都不是最苦的，苦的是昨天或者明天。

那么，让我为你们而骄傲吧，让那些说世间不再有好女人的男人见鬼去吧，让我继续站在这里为你们鼓掌，你们是我心中最美的女主角。有爱的女人，总得来路去路清清朗朗，对得起自己。

爱情如鬼魅，听说的人多，鲜有见者。

谁说的？！

你以为曾经忘记的，其实都深藏心底

1

我以为我已忘记。

某一天，半梦半醒，一个人兜兜转转在曾经的校园。老图书馆的爬山虎，高大的梧桐树，身旁一个个消瘦的年轻人。四个人的寝室，关了灯，大家互发短信，生怕冷落了新买的手机。我的第一部手机，大二时买的，彩屏翻盖的飞利浦。现在的姑娘们，大概不会和我们当年一样，熄灯以后躲在被子里和某个人打字发短信，每一条都要发到提示字数超了为止。

原来还有过这一段。

我都不记得了。

我以为我已忘记。

在半梦半醒间，我又回到了五岁的时候。平房天井，边洗澡边看星星。洗完澡涂上痱子粉，白白的，凉凉的。吃饭的时候偏不吃饭，和男孩子一起去爬卡车，觉得自己好勇敢，然后听到老妈的声音，可是死活不敢跳下去。

只知道如何上去，不知道如何回去。

我以为我已忘记。

还有一个男孩子托另一个男孩子送来小礼物。死活不愿意收，好似收了东西，从此就给了他希望，就是浪费他的人生，硬生生不要，那人却塞给我就跑。然后我把礼物当街甩出去，惊了骑自行车路过的其他学生。

还有被我丢到垃圾桶的洋娃娃。

还有被我从房间窗口扔出去的信的碎片。它们散落在那年的风中，可我已经完全不记得写了什么。

还有暑假里妈妈批发回来的冰棒。

还有停电时候躺在席子上听到不远处的青蛙呱呱叫，吵闹得很。没过几年，我便不再能够听到那声音。

还有过冬前，从学校旁边的院子里偷折来的淡黄色蜡梅，插在书桌的瓶子上，使劲嗅着那清香，相信它一定会给我的期末考试带来好运。

还有夏日散步散到长堤时，看到成片成片的金银花。傍晚，成群的蜻蜓飞舞，各种各样的颜色。

许久许久，我都不曾想起过这些，我以为我已经忘记。

2

不是我们想忘记，而是它们被岁月偷走了，不复出现，消失在你我的生活里。

去厦门的那个清晨，朋友问：蝴蝶绝种了吗？城市里许久不见蝴蝶了，它们是不是绝种了？思索良久，她说：真的好久不见。我们就笑她：怎么会呢？只是在城市没见到吧，总会有地方有的。可是，这话题多么令人悲哀。

偶尔我想到一个城市要消耗多少电，一个家庭每天扔掉多少垃圾，一个国家每天要流掉多少废水——想想我就觉得脊背发冷。但转念一想，我不过一个普通人，六块钱一斤的桃子，五块钱一斤的苹果，三块钱一斤的大米，每个月都必须要还的房贷。在这个城市，我哪里有那么多精力去忧国忧民?

我想起以前一块钱一碗的面，再想起现在一块五一个的桃子，我不知道以后的日子要怎么过。赚的钱和卖菜的一样多，花的钱比卖菜的多。

可算起来，我活到现在平平安安，已是幸运了吧。

3

电影《岁月神偷》里那么好的孩子，也被岁月偷去了。有人说热带鱼的记忆只有三秒，可是有些事，它们永远会记得的。

为了和哥哥重逢的小弟，把所有心爱的东西都丢进苦海，奉献给岁月，结果也只是被苦海笑纳吧。最后，他把一直顶着的鱼缸都丢给苦海，从此他再也不能以那样玩闹的心理去看世界了。

而彩虹，恐怕比蝴蝶更难得一见了吧?

天空不再纯净，彩虹搬走了，蝴蝶搬走了，蜻蜓搬走了。

而我们，只能、必须、不得不在这里留下来，一步一步艰难地走着，筑造信的梦。

只是许多以前信的，现在不信了，譬如记忆，譬如诚实。许多以前不信的，现在信了，譬如权势，譬如财富。

但谁能说我们变了呢?

某天半梦半醒，想起来，历历在目。

20世纪60年代的香港。

20世纪80年代的内地。

每个人都有每个人被岁月偷走的梦。

那些新的梦，已经与旧的梦无关。

那孩子见到喜欢的女子住在那样的大房子里时，我不伤感，因为他们都还有未来。台风吹倒了那个家的时候，我不是太伤感，我知道房子总能修复。那医生说他得了血癌的时候，我不伤感，生死由命。那爸爸当掉戒指给孩子输血的时候，我不伤感，因为所有人的父母都一样伟大。

可是那灵堂里，回荡着那么温柔的歌儿的时候，我觉得有些难过。

可是看到那个孩子坟头的三角梅开得那么旺，我怎么突然伤感得无以复加?

人人都有过一段虐恋

1

人人都有过一段不堪回首却又总是不断想起的虐恋。

有的虐恋，属于年轻。两只刺猬，不懂距离，害怕距离，直到把彼此之间的空气全部挤出去，才觉得安全亲近。结果，越爱越受伤。回头想想，那种虐不过是皮肉伤而已，伤不到筋骨。只不过后遗症太过严重，从此之后学会闪躲，学会保留，也学会将五分演成九分。

后来的虐恋，大多根源于占有欲与拯救欲。男人的控制欲望，女人的母性意识，都有可能变成一股癫狂的力量。而有些人，他们是黑洞，他们是深潭，不断地打破你的底线，一次又一次，仍然看不到回报和圆满。

那种深深的挫败感，会把人变成输红了眼的赌徒，把所有能用的赌注都押上，只求赢一次，直到彻底输得精光，输到清醒无物了，才终于决定放手。那种感觉，九死一生，魂飞魄散，但经过这么一遭，也总算是踏实甘愿了。

可再如何不堪回首，内心深处还是引以为傲。是啊，我原来曾那样爱过，我也是那样付出过的。你以为我不懂爱吗？你懂什么？我曾经在大雨夜那样等过一个人，我曾经那样呕心沥血过，我曾经为一个人千金散尽啊，谁有资格说我不懂爱？

2

人就是这样的奇怪，越虐越付出，越付出越觉得爱。

好像爱与虐之间有一条大大的等号，假若太快乐太享受太多得到，那就只是被爱而不是爱。过了很久想起虐恋，仍是有那么多的不解和不甘，浑然忘了自己曾怎样虐过他人。我们总是这样，需要虐恋，以示爱得深，爱得高尚，爱得不顾一切。总以为不当炮灰，就没有资格成为爱情路上的英雄。

这样想着，以后的我们都理直气壮地吝啬起来。不要怪我抱得不用力，我的力气已经用尽。不要说我爱得不用心，我的心早就在某年某夜烟花般绽放，如今只剩一地碎屑。怪只怪，你遇到的是现在的我。

虐恋，是一段证明，一次自以为是的涅槃，也是一个绝好的借口。俗气生活的借口，浮生的慰藉。沉郁低调的借口，安全洞穴。那个伤害过你的人，渐渐变成一个生命符号，标在某条路旁，告诉你，前方往下是通往成熟平和的康庄大道，没有爱恨情仇，只有做一天和尚撞一天钟。

可惜的是，好男人和好女人就这样成了虐恋的牺牲品，这道理，就像越深的颜色越吸光一样：炙热总是要遇到深邃或者艳丽，才能被激发出来。你是好男人好女人，就活该被忽略被忽视，你不够被爱。因着这个原因，这时代的男人都怕自己太好，这时代的女人都向狐狸精取真经，好像不这样不足以证明自己已历尽千帆，可以承受得起情海波澜了。

只是，段位越高，快乐越少。快乐来得越容易，它消失得亦越快。等待、克制、珍重得到的感情，总会更加静水流深。至于虐恋，忘了它吧。它的意义，一定不是用来做今后逃脱的借口，而是证明人人确有那样去爱的能量。你有，他有，我们都有，谁也不例外。

好 姑 娘 都 站 在 人 渣 的 肩 膀 上

《摇摆的婚约》，一个百无聊赖的下午，这样一部毫无悬念，可以随时倒一杯水削个苹果，然后继续看的肥皂电影。

但是，我的心在某一刻被刺痛了。当那个男人已经铁了心在婚前选择另一个女子的时候，姚晨还在那儿没心没肺地说些有的没的，还在说过几天我们就可以睡一张床了，还在撒娇说小心我不嫁你。

这真是让人又想哭又想笑的桥段。

恋爱中有两种女子：

A类无时无刻不放松警惕，不忽视任何一个细小的苗头，并且坚决扼杀在萌芽状态。她们的爱情是圈养的，男人被拴着链子，但永远有颗出门遛遛的心。

B类是一恋爱，雷达系统就全数瘫痪，看不到听不到，看到听到的第一反应都是相信。她们的爱情是放养状态的，善良地相信对方的善良。

我属于B类。他说是，我不会想到否。这是天性，不会更改。

就像电影里，明明他的犹豫、他的冷淡、他的逃避都表现得那么明显了，她也只是以为他忙碌，好心帮他照顾失业的朋友，不知道那边妩媚的女精英已经成功擒获猎物。

善解人意只在两情相悦时起效果，其余时候都是累赘——关心是累赘，交谈是累赘，所有习以为常的做法都是不够理解。

爱情往往是这样：初始的时候，什么都是特别的，什么都看着像注定的，苦的也甜蜜，下雨也是喜雨，旁人最好只需锦上添花即可。等到了尾声，特别都没了，注定也溜走了，所有的运气都不见了。原来，他也不过是一个普通人。原来，爱情的另辟蹊径都是假象。

但是，你要因此而否定什么吗？

明天总会有可能下雨，难道淋过一次瓢泼大雨，你就永远不出门了吗？

爱情和人生就像这天气一样。晴天雨天都是必经，一直都是晴天，一直都是雨天，都是灾难。风水总是轮流转的，能转到你这儿，就不要浪费机会，不是谁都有机会知道天空真的可以是玫瑰色。

总还是要出门的。总有一天，真的连鬼都撞不到，也就老了吧。爱情这东西，享受的时候一定要花两百分的精力去享受。这样，才够本儿。不过，重要的是，人渣，遇一次就好了；第二重要的是，淑女这角色，遇完人渣之后，也可以扔了；第三重要的是，我发现遇到过人渣的女子，才有可能变成最好的女子。她们看得更远，活得更豁达，往往因为站在人渣的肩膀上。

只有爱情的人生，是死路一条

1

直至今日，终于知道我喝多了酒也会哭泣，也会抓着别人的衣袖，也会渴望拥抱，而且第二天清晨醒来时，历历在目，不会忘怀。方知清醒太多，醉了就开始脆弱。脆弱太多，醉了就开始勇敢。勇敢太多，醉了就开始害怕。

你们说，我开始煽情了。不，我只是触摸到了生活更多更多的棱角，以及观察到了自己更多更多的细胞。这根本不是需要怜惜或者伤感的事，也不需要任何人来陪我抒情。不，我高兴我还能如此煽情如此脆弱，在这样的年纪。

停了车，坐在大马路旁边，看着车灯闪过来又闪过去。喝得晕晕的，望着初秋的落叶，想着踩上去应该是脆脆作响的吧。撑着下巴，回头望着旁边的人，突然流泪，说：心里难过的事那么多，付出从来不能获得通往天长地久的保证书，所以不再把爱情看得比天高，我不想再受伤了。

就这么慢慢地说，慢慢地流泪。他伸出手帮我把眼泪擦掉，问了一句：以后也要一直这样吗？难道真的没有人让你肯去托付吗？我摇头。

心里太清楚，我这样的女子，自始至终没有为任何一个男人放弃对世界的探知欲望，这是天性，越来越清晰的天性，无力改变，而你也不会是那一个。至于以后，以后再说吧，谁知道以后是怎样？为了未知的以后委屈现在的自己，从来不是我的风格。

回头望，唯一遗憾的是，在有足够多的时间狠狠爱的年纪，没有不顾一切地挥霍。有人对我说，任何时候都可以爱。是，这句话永远都没有错。可是，即便在四十岁遇到那个让你年轻十四岁的人，那也不过是错觉。那种错觉，遇得到是梦幻，遇不到就遇不到了。这不是悲观，是诚实面对人生。

当你诚实面对自己的时候，你其实能更加热爱自己，因为只有如此这般，才懂得以何种方式爱自己。

2

人生有许多悖论，其中最痛的一条就是，爱他人的极致是忘记自我，而忘记自我是摧毁自己最冷酷的方式之一。

敏感而渴望爱的人，永远无法在这条悖论中找到平衡之道。试过就知，只有爱情的人生，对我来说，是死路一条。勇敢面对这条悖论，唯一的方式是建立起更多的人生支柱。我努力而倔强地走上了这条不归路，再也回不了头了。

不是不相信谁，不是不肯依赖谁。不懂的人会说你是忘记不了伤痛罢了，其实，与此无关。一定有人是可以信守承诺的，可是承诺只能和数词量词挂钩，它不是形容词的好搭档。

承诺说，让你快乐，多么动听的话。可是，春夏秋冬，你能让我不伤春悲秋吗？坚强和淡定都是自发的光芒，不是可以被赠与的。

承诺说，给你幸福。幸福是什么形状呢？每个人心中都有一个幸福的样子。不是衣食无忧，或者稳妥安逸可以赋予的。要幸福，首先自己要掌握一把通向自我的钥匙。

这个世界，有人把爱情当事业，有人把事业当爱情。这样极端，都是极其容易断裂的生活方式。请让我去寻找一条可以让自己有更多幸福能量的道路，而不是欺哄我：你的幸福就是依赖我。因为，倔强是我的性格支柱，寻找是我的人生关键词。

爱是恒久忍耐又有恩慈，这句话只有活得丰盛热烈又敞开心胸的人才会真正懂得。

就像淡定，那不是天性，一定是伤痛后才有资格讲。

重看《欲望都市》，萨曼莎穿一身白衣站在阳台上，转身对开门进来的男人说分手。

男人问：你不爱我了吗？

不，我爱你，可是我已经爱自己四十九年了，她更值得我去珍爱。

她尽了自己的努力，然后在看到底线的那一刻宣告放弃。

谁也没有权力假借爱的名义，让你为自己流泪。

这 才 是 男 人 眼 里 的 完 美 女 人

1

我不再迷恋甜食。偶尔在咖啡厅点一个芝士蛋糕，也是因为想念闺蜜。吃到一半，已经觉得发腻。

可我依然相信，我会爱一个人，嫁给他，与他白头到老。

都说电影《山楂树之恋》纯得很蠢。无数的人嗤之以鼻，不上床就叫纯吗？我早已不是一个纯的女孩儿，无论是身体还是心思，但我喜欢这部电影，并且毫不吝啬地在影院贡献了自己的眼泪。看电影的时候，前排坐着一个大叔，看到最后，他的眼角分明也有泪。

当初，张艺谋身边所有的人都反对他拍这个故事，业内甚至有人毫不留情地说，这将是一个巨大的失败。我想，张艺谋坚持要拍这个故事，因为他当过知青，因为他也一定那样爱过一个人吧。

如今的天下，纯情是没有市场的，连打着纯情旗号的宣传语也饱受嗤笑。装纯情，才是撒手锏。这世界上，不管是一本正经内心渴望制服诱惑的怪叔叔，还是追捧纯情AV女郎的宅男们，说到底，谁不想遇到一个美眉，然后再将其拐带上床？

2

《锵锵三人行》，窦文涛、梁文道、孟广美一起讨论：什么才是真正的纯?

梁和窦说，他们遇见许多四十岁的女子，她们当然做过爱，并且还将继续做，但他们依然觉得她们很纯，有一颗很纯的心。他们笑说，比如孟美眉就很纯啊。

梁说，这都是中国男人的处女情结作祟。

这不是处女不处女的问题，二十岁的非处女和四十岁的非处女，叔叔们会选谁，答案显而易见。

青春小肉体，洛丽塔再邪恶也是洛丽塔。

成熟的果子，馥郁芬芳，能欣赏的，始终是少数。那并非是他们层次更高，而是能被欣赏的成熟女子一定是放光的，有眼力的都会看到，她们本来就够好。

就像林青霞看着继女泛着光芒的皮肤，感叹年轻真好一样，我也会感慨，小萝莉们散发的荷尔蒙确实不同。

但我永远相信，女人活久一点，才能感受到真滋味。

昨天的《天下女人》，嘉宾是杨紫琼。虽然她笑的时候抬头纹立现，虽然那脸颊和唇色不复青春时的光彩，可是，第一次，我觉得对面三个女人在那样强大的气场之下，光彩立减。她没有戴钻饰，就像突然在咖啡厅遇到了她，于是她们聊起天来。旁人即便不认识，也一定知，这个女人不可小觑，那潇洒的风流，绝非可练习出的。

他们说，女人四十岁最怕没有钱。

看到杨紫琼，我觉得，女人到了年纪，最怕的是活得不够潇洒。因为，有钱未必潇洒得起来。

就像《剑雨》里的细雨。当那些她曾经的杀手同伴看到她嫁的那个男人时，无一不惊诧和轻蔑。可是于她来说，找到一个让她可以放下过往的男子是多么难。

杨紫琼说：起初他就对我说，我就是他认为最完美的女人的样子。杨澜问：你相信吗？她说：为什么不信呢？

是啊，为什么要怀疑呢？不用他说，她亦是许多人眼里的完美女人，只是他能打动她而已。

臣服于男人，还是找回自己

1

我不知道你们有没有爱过这样的男人。

起初，他善解人意、幽默风趣、大方、才华横溢，望着你的时候，那眼神直指你的心脏，让你喘不过气来，让你激动地得觉得遇到了绝世才子。于是，小肉体恨不得抛开一切，立马投入到那个烟花肆意的世界，心里想着，为这样的男子熬红豆，一起把世间风景都看透，那是多么销魂的事。

他们就是有这样的本事，让对方觉得自己就是散落在人间的绝世佳人，而他们是知音，是伯乐。

我是被这样爱过的。那是我有生以来最勇敢的一次飞蛾扑火。好景不长。

不断地争吵、辩论。

从一个乐观、开明、大方的人，变得敏感、卑微、神经质。

为什么呢?

后来我离开了他，离开了那个城市，还在一直思考着这个问题。

再后来，我想，他更适合找个普通的女子，为他洗衣做饭，用崇拜的眼光望着他，而他不用在她身上浪费太多智商。因为在爱情里，他是一个阴谋论者。

2

他是一个永远的自我中心者，不管自己做了什么，对方都只能按照他所想所思去生活。他怀疑爱情，怀疑人性，善于征服，却无法休养生息、长治久安的君主。

他们是他们世界里的王，细枝末节都要看清。高兴的时候，可以把你捧到天上；阴沉的时候，顷刻摔你到地上。他们见过太多阴谋、太多卑鄙，已经难以清洗，伤痕隐匿在身体深处，不时发作，只有最亲近的人才可窥见。

他们太过用力地维护形象，已经成了铜墙铁壁，无懈可击。所有的隐忍，克制不住时，只好对着最亲近的人宣泄。他们对不相干的人无比宽容。对相干的人又无比苛刻。动辄就谈，这是在培养你，完善你，打造你。他们的审美层次实在太高，令人窒息。

他对你可以轻蔑地笑，说出最尖刻的字句，仿若所有的相谈甚欢都是泡影。他可以把一切丑陋之事都加之于你身上，好像你也是一个天生的阴谋家。

只是，他真的了解你、欣赏你、爱你吗？

或许吧，只是一个阴谋论者的心中没有一片可以让一个女人自由呼吸、舒展天性的土壤。可矛盾的是，这样的他们总是喜欢洒脱的、天性未泯的、善意的孩子。然后，他们开始肆意以自己的逻辑思维和审美标准来指责她。

他们了解许多人，可以看透许多人，但他们不会懂得这世界有许多女子都可以为着爱无理由地去做很多事。他们又怎会懂呢？在他们的世界里，一切都要有原因、有理由、有利益。

其实，最不快乐的人是他们自己，内心苍老贫乏，无法拥有安全感。

3

我承认我曾经饱受爱情小说的毒害，在此前的青葱岁月里，总是幻想着遇到一个君王般的男人，他有天下最浪漫的柔情，亦有天下最蛮横的掌控欲。臣服在他的怀里，可以享尽内心的无限荣耀。

现在，我累了。不再愿意上天入地地为一个男人，丢了自己。

原本我总是以为自己不够好，所以不停地改变自己，以迎合其心，得其宠爱。

之后我发现，再不完美的我，那也是天造地设的我。被迫一刀一斧凿开自己的口眼鼻心，痛不欲生，并不快乐。

从此，那些满腹才华、谦恭有礼、令人仰望却一脸不平之气的男人，再也无法秒杀我了。

有些女人，看看就好，不适合相伴左右。那是海市蜃楼，不是涓涓细流，无法止渴。

同样地，有些男人，认识就好，没必要沉沦。那里的土壤贫瘠一片，种不出保加利亚玫瑰。

静 心 忍 耐 ， 盛 装 以 待

1

《冬季恋歌》里，那个翻墙的女子，丢了鞋子。

他微笑着走过去，抱她下来，然后轻轻为她穿上鞋子。那一幕看得我心绪摇荡，至今难忘。微笑的男子，卑微的姿态，永远是最好的戏码之一。

所以当你在海边拎着我的高跟鞋，我就想起那一幕。走完那片沙滩，我坐在台阶上，正准备穿鞋，却发现你静静蹲下来，然后抬着我的左脚，先用手掌心慢慢拂落沙子，再用手背轻轻摩挲掉那些最细小的沙粒。我完全呆住，不知所措，连海浪声都瞬间消失不见。此刻终于相信那句话：不是你不够好，只是人不对而已。当然，如果人不对，也是你不够好。

兜兜转转，我绕了那么久，让自己为难那么多。终于懂得，静心忍耐，盛装以待，总有惊喜。

曾经以为，空旷无人的田野，不说任何理由，我突然放声痛哭，而身边的那个人却不觉惊诧或厌烦——这个人我可以嫁。

现在真的不敢相信，我竟然有过那样的准则和信条。我们始终要的不是那个看到你流泪不惊诧、不厌烦的人，而是那个不给你机会流泪的人。

用你的鼻子嗅一嗅，让那些黑洞都远去，留下温润与安宁快乐的人。我一直用这样一种非常懦弱的方式来保护我的世界，拒绝恐怖片，拒绝让我害怕的那些东西，不去挑战自己的底线，也不去挑战别人的底线。晃晃悠悠到这个年纪，居然也真的收获了真心爱护欣赏我的一群人。

2

重新审视自己曾经以为残破不堪、无聊至极的童年与青春，充满感激，连遗憾都变得微不足道。

如果不是当年的不合群，体会到那些排斥与流言，怎会有心胸和勇气去爱他人？不合群带来的冷落，却也成就了傲气与骨子里的谦卑。如果不是当年的寂寞，哪里会在文字里找寻归宿？幼时的小小泪痕，早已风干，留下的这颗敏感的心，静静地感受人生悲欢。

当年的我和当年的她们，那些花儿，消失了，再也回不来了。那个小女孩儿长大了，在这钢筋水泥的森林里穿行。

因为倔强，所以勇敢。因为怕痛，所以坚持。因为慈悲，所以懂得。因为静默，所以波澜。

因为相信，所以快乐。因为悲伤，所以放开。因为忘怀，所以宽广。因为层叠，所以有趣。

女人的修炼，需要的不是沉默或者强悍，也不是卑微或者征服，而是做一个有趣、快乐的人，如水如玉，包容通透。

我们一起踯躅徐行。

有一个人，值得你跋山涉水

1

多年不见的同学来了，这个城市对他们来说很陌生。

他们说：你没怎么变，除了脸肿了一点。十年前或许更早，那时候的我是什么样子，我自己都不记得了。他们笑说：你眼光一直很高。又说：你的人生很顺啊，如今这样挺不错的。

我只是在心中摇摇头，许多话，心底自知。不再辩解，也毋庸去解释。过去都只是过去了，无论当年吃过什么苦，摔过什么跤，于我自己内心而言，都是收获。

闺蜜说，总是记得有天午夜，我短信说：为什么努力、坦诚，却遇不到一个对的人？现在想来，如果不是自觉失败，也就不会在感情中学会知足与宽容。

她说，她妈妈在QQ上说：孩子，我现在什么都不怕，就怕你变成剩女。我们一起哈哈大笑，但是内心的苦楚，彼此都太明了。

这么几年相伴，有些眼泪以及不为人知的苦楚，别人以为你是乐观开朗，只有自己和知心好友才会懂那有多不容易。

她说：我也快变成女金刚了。现在家里工具齐全，恨不得电灯泡都自己去换，觉得特有成就感。然后两人又哈哈大笑。

当初她也怪我太独立、太不宠爱自己，如今却懂得了，不是要争什么，只是要那样一份自在。我们不需要交易，亦不需要交换。把真心亮出来，你是否有信心和决心去做，那就够了。

有人说，早知道就不结婚了，现在的男子已经看不过眼了。

这时代逼迫着每一个人都去挖金子，但是我相信，每个人的内心世界都有自身的乐趣，不过是隔着肚皮，连自己都很难弄清楚。

2

看过的电视剧里，男主角对老婆的前男友说：我老婆对钱要求不高，但是对感情要求贼高。那个自以为翻身的富豪前男友，以为经济上的帮助会让他们旧梦重温，他不知道，永无可能。

你以为，你失败的地方是在于钱吗？

也许部分是，但绝对不全是。假若你遇到的女子，都是因为钱而抛弃你，我相信，第一个需要审视的，那就是你自己。浑身铜臭的男人，难免吸引热衷钱味的女人。

女友的前男友约她一起看电影，她说，我当时心里只有一句话：早干吗去了？情节往往是这样，有一天他回头看，内心说还是觉得她最好。那有什么用？她已经与你没有半毛钱的关系。

不要说老天跟你开玩笑，不珍惜就是没有福气，注定的。

剩下的女人都不是真正爱钱的。

多年前，一位大叔说：你怎么还不恋爱？我笑着说：找不到有钱人啊。

他摇头说：是你看不上。

是的，现在我知道了。找个有钱人，比找个给予你生命活水的男人容易多了。当年在大学寝室里笑着说要找有钱人的女子，如今都没有做富太太。所谓的当年，提起来都知道，那只是一句句玩笑话罢了。

所谓的人生，就是回头一看，当年都是笑话。

你在乎的是人生的质量，而不是生活的质量，那就注定，跋山涉水。

希望一切为之跋山涉水的女子，都终得福报。因为，还是那句，你值得。

越来越与爱无关

1

《欲望都市》是那么打动我。

萨拉戴珍珠项链穿睡衣念情诗的样子，让我想起香奈儿广告中的梦露，心中满满的都是爱情和梦想。然后，看她穿着Vivienne Westwood设计的婚纱在街头狂奔，拿起白色的百合砸向Mr. Big。心痛无以复加。还好，还好，她还有那么三个朋友，可以拥抱，足以慰藉，即使人生凄惨到婚礼的前一刻未婚夫悔婚。

还好，好莱坞始终是慷慨的，不会像韩国人那样热爱把女主角折腾到死为止。看萨拉穿着那双525美金的鞋子走进教堂，许下承诺。没有盛大的婚礼，没有名设计师的婚纱，没有头版报道。

平凡的小餐馆，朋友们一起举杯庆祝。

而我也明了，总有一天，虚荣不再是爱情的主题曲之一。

冷暖自知这句话，说来容易，真的以此来选择，却是难上加难。

年轻时候，在乎的东西太多。没有玫瑰，没有钻石，再爱，也总觉得委屈。反倒没有那么多心思去想生活的琐碎，是否已准备好去承担。

而这也是青葱岁月的特权，你有时间去尝试，有精力去磨合，有勇气去受伤。于是，那么容易就爱上。爱上笑容，爱上他开车的姿势，又或者爱上他抽烟的样子。爱上香水，爱上袖扣，又或者爱上他的背影。那么细微的小事，就足以让你疯，让你狂，让你奋不顾身，以为全世界的空气都因那些而美好了。

等到哪天突然放下，才发现，除了这些，你对这个人其实一无所知，无知到自己都难以启齿的地步。这难以启齿到头来也就归结为一个字——错，然后在心口凝结成一道伤痕。悄悄掩盖，白纱蒙着。远远望着，可以假装遗忘。

2

这城市里有太多这样难以启齿的故事。这冰与火的城市，每个人的伤口早已说不清道不明。酒醉的时候，仗着酒气就可以去拥抱陌生人，口里呢喃着：我好伤。再问一句：你怎么了？却不知如何接下句。伤在哪儿？何时伤的？

哪里记得，哪里记得，只记得很伤而已。

然后酒醒后，明天依旧白纱蒙面地穿行。

我开始喜欢在睡前喝一点酒。发现一种韩国的青梅酒，一口就爱上。倒上一小杯，再加一颗青梅。酸酸甜甜，青涩年华，可以在杯中再现。晕乎乎的，飘飘的，心里响起好多快乐的歌，一夜无梦，宝宝好好睡。

但终究还是不肯像《非诚勿扰》里的舒淇那样买醉。她是烟花，愿意粉身碎骨，才会那么难以忘怀，最终逼得自己跳下悬崖，把一切一切葬送到大海里，才肯重生。

我却是克制的、节制的，爱自己爱到从不肯轻易允许自己在清醒的时候沉沦。不肯喝到醉，因为害怕被人看到醉容，从此形象扫地。也怕那些从不言语的事一下从闸口泄洪，无人能阻拦。于是，喜欢红酒，那么容易就晕，却还可以清晰思考，即使满身酒气也还是可爱的。

节制而清醒的女子，总在快要抵达快乐顶端的时候就开始惆怅：分开的下一刻如何维系？于是，她们退步了，这样得以维持住很多东西，少了很多错误，却也很难得到纯粹的快乐。

但好在，她们的世界永远有一群不妒忌的女友，一直在身边，相互扶靠。她们是彼此的勇气，也是彼此的希望。她们能懂那份不肯放纵的自爱，也能懂那份对爱的坚持。

有一天，爱不是空气。这个女孩儿长大了。

有一天，爱不是憧憬。这个女子淡定了。

有一天，爱不是必须。这个女人，或许已经找到了生活的位置。

这条依靠爱去寻找自我的路，徐徐前行，总有终点。

快乐和温暖，越来越多地因为微小的事，而变得与爱无关。

你 总 忘 记 ， 你 已 长 大

1

关于纠结，无人可以幸免。

不同的不过是甲之砒霜，乙之蜜糖，各为各自的纠结狂躁。

但总结起来，起初的原因，也不过就是牢记着起初的模样，紧张地追着时间跑，忘记了很多东西业已改变。就像很多人小时候怕蟑螂或者青蛙，二十年之后，她早已有力量可以拿拖鞋直接甩过去，可是心理上的恐惧仍然停留在十岁。

人类关于恐惧、失落、自卑等情绪的记忆根深蒂固，难以忘怀，经年无药可解，除非下猛药或者得稀世良药。

所以——

害怕关灯睡觉的孩子，无论多少年后还是习惯开灯睡觉；蜷缩睡觉的孩子，无论多少年后还是自己紧紧抱着自己入睡。

长大后的美女未必会以为自己是美女，因着年少时那些被奚落被排斥的记忆；已经可以翻手为云覆手为雨的女子，还以为自己需要被主宰、被呼来喝去，以求多年渴望的被征服感，忘记了她早已不会以此为乐。

翻身后的富翁未必会真正觉得扬眉吐气，因为内心的自卑无法消解，如影随形；已经成长为理性决断骄傲嚣张的男子，还以为自己应该配的是纯情痴傻的小少女，忘记了他长久需要的是一个对手而非玩伴。

习惯了在另一个世界里走来走去的灵魂，内心总是惦记着另一个不对等世界里的旧有灵魂，以期努力拯救它，忘记了那不过是一个虚无的影子，是一只关了灯在墙角虚张声势的纸老虎，无须害怕，更用不着拯救。

2

你以为你还是那个站在街角等着骑自行车少年的女孩儿吗?

不，你已经是一个可以随时买张机票飞到任何地方的成年女子。

你以为你还是那个被伤害了躲在被子里哭的女孩儿吗?

不，你已经是一个可以在众人面前神采飞扬、自信满满的成年女子。

你以为你还是那个没了爱情全世界都崩塌的女孩儿吗?

不，你已经是一个努力经营，为自己建立起很多人生支柱的成年女子。

那么，你还怕什么?你还是怕他觉得你不够好，怕他觉得你不够美，怕他爱上其他女子吗?

曾经的曾经，爱情真的是毫无道理可讲的年代。爱无道理，恨无道理，吵架无道理，分手无道理。到我们真的用道理来看待社会、家庭、人生、婚姻的时候，却忘记了你其实已经懂了那些道理，你根本不用在面对一个男性世界的时候，觉得不可理喻。

一个女人的成长和一个男人的成长，都是一辈子的事情。

智商和财商过度增长，情商却不增，这样的畸形成长，是造成纠结最大的祸根。

朋友的女朋友，叱咤圈内的金融女强人，却是一个饱受家庭暴力的女子。每次离婚，却又忍不住去求男人复婚，因为别墅是他的名字，车是他的，连带孩子的精神世界也由不得她主导。

我们害怕这世界不由我们，所以努力经营小世界，给父辈们依靠，却不记得让自己以一个成年女子的心态去经营生活的那些细节。

我们努力去拥有成年人的行为能力，却忽略了处世能力。

你以为你已经消费得起一个貌美如花的女子，却不知道你贪求的从来不是这些，那不过是年少时的一个幻梦。

你以为你已经足以吸引一个挥金如土的男子，却不知道满足你的并不是那些，那不过是生活十分之一的所需。一千万和一百万，前者并不一定会让生活更幸福。

你以为你需要的是一个主宰你全部精神世界甚至呼吸的男子，却不知道那不过是个绮梦，是从十七岁就深藏在脑海里的爱情故事桥段。就像你曾经以为，你恨你的父母，你怨他们的蛮横粗暴，你怪他们的冷漠疏离，却越到后来越发现你心系他们，无法更改。

而随着这些观念和思维里的错位感，我们某方面能力越来越强大，强大到可以改变自己甚至是别人的那部分世界，可是我们对某一方面的自己也越来越感到无能为力。是的，发自肺腑的无能为力。

我们会习惯拿自己的优点去要求别人，然后说服别人去包容那些自己的无能为力。这点，在成功男人身上表现得最为淋漓尽致。

3

谁都有自己的无能为力，我不敢说自己可以勇敢地时刻面对它，但是我会努力不以此作为推脱的借口或说辞。

是的。因为我爱你，所以我会去适应然后包容你的那些无能为力。

是的。因为你爱我，所以你会去纵容然后忽略我的那些无能为力。

而现在的世界，不是这样的。

因为你某方面的强大，所以我爱你。然后，我发现了那些你自己都无能为力的男人的弱点；因为我某方面的美丽，所以你爱我。然后，你发现了那些我自己都无能为力的女人的弱点。

见过那么多的人，听过那么多的故事，其实谁都在不可避免地被伤害，同时伤害别人。普通人的感情，甚至普通人的一生，大致轨迹都差不多，只是早或晚而已。

年轻时遇到一个人渣，然后不断变换感情价值观，然后嫁一个觉得可以嫁的男子，然后有一天看到镜子中的自己，确实是自己，却很恍惚。

迟早有一天，对于自己，似曾相识，想不起什么时候见过，反正曾经是个熟人。而关于伤痛，每个人受伤的时候，都会说：我宁愿他是那样，为什么一定要这样?

为什么不早点说出口?

为什么是从另一个人口里得知?

为什么全天下的人都知道了，我才知道?

为什么要欺骗?

这些苦楚，我全尝过。人生就是这样，明知道你最忍受不了的是欺骗，却偏偏让你一次一次被蒙在鼓里。

4

《欲望都市》有一集，凯莉昨夜刚和心爱的男人温存，起床的时候发现一张便条：对不起，我还是做不到。

于是她耿耿于怀，为什么一定要用字条说，不能当面讲吗？这个胆小鬼。后来在酒吧遇到那男人的朋友，她愤愤地说，自己是被全世界最倒霉的方式分手的女子。不料这群男人丝毫不以为然：你们女人说得那么大方，真要当面讲，还不被骂得狗血淋头？万一又哭又闹又上吊怎么办?

男人总不能相信女人可以和平分手。

总之，听完那一通辩解之后，凯莉总算知道了，对于感情，男人要懦弱得多。逃避、闪人、消失不见，不是女人的专用手段，男人更需要。男人表现出正义感、责任感、孝顺等种种品质，不意味着他们有道德去选择一个好的理由、好的借口。往往糟糕的是，他们反而认为逃避是最好的方式。

这点懦弱，在移情别恋时表现得更为明显。当时当刻，有人给了温暖，有人给了支持，有人给了帮助，于是家里那个给予过温暖、支持、帮助的女人就 OUT 了。

是的，连最后一个发泄的机会也不给你。不过现实中，甩得出巴掌，泼得出开水的女子又有几个？

所以什么方式根本无所谓，重点是这个男人反正已经决定退场了，你何苦还哀伤那下台的姿势不是你所喜欢的？

你走吧，我不送

在我人生的二十岁，我遇见的每一段感情都很糟糕。

那天我和闺蜜贝玛在日本的海边小旅馆里，讲了我当年的故事。认识许久，她一直以为我天生果敢坚强，并不知道过去的我经历过什么。

我给她讲完，她悠悠地说，原来真的没有人是天生懂得的。

女人天生是很怕背离的一种动物，因为从原始社会起，女人的角色就是孕育，就是守护，而不是去开拓，去战斗。

我们骨子里都很难面对那些坚守过的人，突然对我们说：对不起，我要离开你了。即使很多时候，明知道已经千疮百孔，伤痕累累，可还是很难做那个先说再见的人。

就像我的闺蜜跟我说：明明不爱了，可是要说再见，还是很难，还是难过，还是忍不住怀疑否定自己——这样选，是不是对的？

所以，命运对于女人，往往是这样的模式——

如果你不愿意先停止，那么就让对方决定结束。

多少人，都是这样经历过之后，熬过来之后，才能对命运说一句：

谢谢你的安排。

谢谢那些离开——

才有了这样的我。

从甘愿付出牺牲去成全别人，把最好的时光毫不吝啬地给予一个人，到真正地知道：没有人值得你烧尽自己，去换一份爱。

这个涅槃的过程，有的人是几年，有的人是半生。

“譬如朝露，去日苦多。”

当时只觉漫长，每一天每一夜都是煎熬。

回头再看，就是清晨的一滴露珠滚落了下来，而你只能眼看它滑落。

多少人，前半生都在拼命地留住别人。又有几个人能够真正明白，世间万物都是留不住的，即使是我们自己？

真正留得住的，是经历中孕育出来的智慧。

用一句话说，不过就是：你走吧，我不送。

六个字里，千言万语，不是不苦的，但就是一滴露珠滑落了。

然后，明日，花还是会次第开放。

其实每个人的苦痛，再亲近的人也很难做到感同身受。

当她向你倾诉，她也只能表达万分之一的悲苦。

但不管如何，希望那一份陪伴，能让她们都能尽早好起来。

虽然没了那个人，但请记得这上天是为了提醒你：你已忽视自己良久。

Chapter 2

为什么他还没有来

“他真的会来吗？是的，他真的会来，

只是很可能是你完全没有想到的一个他而已。”

奔波流离，只为演足一场内心戏

1

我毕业时，大学里的风气已经是烟尘滚滚了。朋友介绍了一个结婚狂男人给我，在江边上，此人意气风发地说：跟了我，工作你不用愁了，我的某某亲戚是某某领导。就这一句，激起了我的内心戏。我特别威武地跟他说：过几天我就去深圳了。

江边的小风吹啊吹，奋斗的内心戏飙啊飙。

后来遇到一个商人，告诉我他有多么豪华的度假山庄。他赤裸裸地说：你这样家庭的女子，不可能没有野心啊。我也赤裸裸地告诉他：是，我有事业心，我有名利心，可我看不上你。

我还以为大家都和我一样，挽着袖子，准备大干一场，以为自己傲然地维护住了什么。后来一看，把感情当踏板的，如过江之鲫，只是我等浑然不知。

你以为我早熟，其实我对这世界最赤诚。你以为别人看不穿，其实人家对这世界最有办法。

2

我们这样内心戏太多的人，每往前走一步，都要累得多。

都是一样卑微低头，人家可以倒头就睡，我们则是一片波澜。都是一身衣服一双鞋出门，我们肩上有看不见的巨大行囊，装着童年、回忆、恋旧、思念、贪欢、伤痕、小情绪、小自尊，甩不掉。

这样的路如何不久远?

我还记得，那个时候连着搬了三次家。和同事合租，她当二房东。有同学来找工作，暂住我那儿。第二天我上班，接到同学电话，一句话没有，只听到哭声，慢慢才听明白，是我同事的妈找她收煤气费水费。我班也不上了，跑回去跟那个老女人理论，气急败坏之下，不争气地流下泪来。都是当娘的人，怎能如此刻薄别人家的孩子？。

那时候我还是一个赤诚的人。我帮朋友在公司谋到工作，请很多很多人吃饭，大清早去火车站接一个学长，提前帮他找好房子安顿好他。到了后来，这些人中，没有谁主动和我保持联系，连近况都不曾主动告知一声。

这个城市，我曾经付出了那么多努力来抗拒它扑面而来的疏离感，原来我演的只是一场独角戏。人人都知道快速遗忘，轻装上阵，只有你以为可以留得住什么。

不知不觉，就那样变成一个冷漠的女子，对不相干的一切都漠不关心起来，再也提不起兴趣。所有的戏码缱绻在内心，再也不肯轻易放出去遛遛，哪怕是再多醉人的酒，再迷离的夜晚，也不肯透露。只是遇到同类时，眼角才会闪烁一点喜悦，但绝不会热乎地去招呼。也是从那个时候起，不再喜欢解释、妥协，也不再在乎路人。

原来，变成他人眼里的强大女子并不困难，只是比常人更特立独行，更能面对，更能担当，且不吐露这些。

3

从住城中村到筒子楼，到民房，到公寓，每日下班，眼疾脚快地挤上公交。这些都只是最最普通的必修课，无人仰仗，也从不向父母诉苦。别人喊母亲来陪住，每日做好饭菜等自己回家。我却断然做不到，总是回绝家里说要来看看的愿望，我不想他们看到那样白天都阴暗的屋子时老泪纵横。

有时候想想，这样是为了什么？不止一次，母亲问我：趁我还没退，回来当个公务员，不好吗？是的，不好。既然放弃了，只能努力证明自己的选择是对的。

我对自己的固执无计可施，因为它正是遗传自你们。

但其实，我又做了些什么事呢？既改变不了家族的命运，也改变不了旁人，只能说，如今确实比过去过得好一点，聊以自慰。

人家有风风火火的业绩，又忽悠了多少客户，又多赚了多少钱，又升了职。我们站在旁边，自知怯懦，羞愧得不敢出声。

人家要周游世界，要泡多少妞，要甩多少个踏板，要买怎样的大房子，要买怎样的奢侈品。我只希望，不要等他们老了，需要我的时候，我除了眼泪，毫无其他能量可以提供。

想当年，我憎恨他们的管制，我日思夜想要逃离他们的掌心。

到如今，心心念念的，还是靠自己的力量让他们骄傲。

这是宿命。

小的时候，看他们奋斗的背影而不自知。

现在，我变成了一模一样的人。

所有的跌宕起伏，
都是为了找一条来路

女人的波澜往往是自己制造的，正如男人的伤痕故事是午夜必备的桥段。

曾经为了一个眼神，辗转反侧，猜来猜去，那是青春、荷尔蒙，不用胭红就桃花般美丽。如今再那么轻易臆想连篇，顶着两层粉还要佯装羞涩矜持，真觉得浪费了那么多眼泪，白活了那么多日子。

在过去的那么多年，我流过的眼泪，绝不少于任何一个女子，对得起青春年少、张狂岁月。

1

十六岁的时候，为了如今已经完全记不起来的微小尘埃，躲在被子里默默流泪。当年的青涩男孩，如今依然没心没肺、毫无长进。偶尔想起他，觉得简直是远隔天边的两个世界。

十七岁的时候，知道男友劈腿，另结新欢，从晚自习教室奔出来，跑到公用电话亭，准备打电话痛骂，却无法接通。

十八岁的时候，为了忘却一个男孩儿和一段时光，仓促选择，伤害了另一个无辜的男孩儿。从今往后，再孤寂再落寞，也不会拿任何一个人去堵过往的枪眼。

十九岁，破镜重圆，以为是浪子回头，以为是终成眷属。到最后才知道，只不过是更深重的伤痕。

二十岁，号啕大哭，午夜失眠，黯然神伤，突然落泪，放纵玩乐，万事皆空，所有一切与失恋有关的情节，依次上演，一个也没漏过。只不过，玩的是文字，不是酒肉色。就这样，开始养成写日记的习惯，在人生的每一个转角时刻，做一个认真的记录者。

二十一岁，水泥森林，感情空窗，车水马龙，埋头苦干，心力交瘁。很多时候，忘记了自己是一个女孩儿，清水洗把脸躺床上就睡，早上起床十分钟冲出门，穿球鞋配合急行军的速度，慢慢把自己变得和这个城市的大多数人一样，每天都是麻木疲惫的公交脸。

二十二岁，觉得自己足以独当一面了，没想到是另一种的心力交瘁，根本无力照顾好自己的身心。爱情和执子之手，在脑海里是陌生遥远的传说，完全忘记，绝不擅长。

二十三岁，沉迷在一个男人的才华和沉默里，念着相濡以沫的台词，演一个佩蓉的角色。那是到目前为止最脆弱、最彷徨、最无能为力、最黛玉的日子。以为把自己的世界交给他，跟着他走，就是小半生的终点了。一天，在泪水里猛然惊醒，我完全丢掉了自己，我不喜欢那样的自己。有的爱情能让一个女人更欣赏自己，有的爱情，却并不是这样的。

二十四岁，重回冰火城市，一切重来。有过低沉，有过诱惑，有过埋怨，有过失望。学着低头做事，学着安排生活琐碎，学着冷暖自知，学着静心等待。种种这般，不过是淡定的初级课程，但足以让人开始明白，悲喜波澜是必经，而爱是一种能力，幸福也是一种能力，都是人生最难最深重的题目。

二十五岁，离开安稳的工作，开始找寻自己的事业道路。有过彷徨，有过怀疑，有过伤痕，有过眼泪。学着成为一个可以给予快乐的人，学着成为一个可以传递爱的人，学着在情绪低落时释放自己而非压抑自己，学着在情绪高涨时赞美自己同时提醒自己。学着和一个爱我的人一起，规划明天，拥抱明天。

2

十年。

没有白费。

尽管按照传统的价值标准衡量，还是一事无成。

尽管当闺蜜问起的时候，我也无法确定地说出人生目标是什么，裹着被子对着她说一句："咱生来就是不靠谱的人，走的也是不靠谱的道。"然后两人哈哈大笑。

没有白费。

依然年轻，年轻的面容，年轻的身体，不再那么害怕岁月摧残。我甚至开始好奇我年老的样子，偶尔还会快乐地想象一番。

依然爱看动画，依然爱看骗眼泪的偶像剧，依然相信爱情，依然憧憬婚姻，依然爱着，而且被爱着。在生日的那一天，收到许多不同形式的祝福，心怀感激。没有白费。

更加理解父母，理解朋友，理解过往，理解伤害。

更加笃定幸福不是空中楼阁，它只是一种有能力为之努力的人才能得到的礼物。

更加相信时光，它带来的风云变幻，是未知，是魔力，也是钻石之光。

更加坚持，不再轻言放弃。

最重要的是，更加坚持一条底线：奋斗是为了幸福的生活，而不是去放弃自我成全所谓的幸福。

留一丝破绽给自己

1

很多年前，第一次正式开始独居的生活。

夏日的那个下午，小丸子搬走的时候，在一棵树下，她突然轻轻说了句：谢谢你的照顾，抱一下吧。好吧，抱一下。然后，头也不回地转身。我不会落泪。

他们问：孤独吗？寂寞吗？寂寞是必须的。我会将它当成一杯苦咖啡饮下，引爆身体隐藏的另一种性质的亢奋，测试自己在寂寞土壤里的酸碱度。

我是这样想的，也许，是还没有找到其他的理由。

从超市买回一大堆的菜。在看到速冻食品和面包、方便面的时候，狠心掐住自己的手，转身离开。面对寂寞，第一件事，是逼迫自己不许潦草。潦草一旦成为习惯，就会成为疯长的草。而我，没有火把，所以不给他们生长的机会。

把冰箱塞满。回家打开冰箱门，自然地就拿出菜走到厨房。炖着鸡汤，炒一碟冬瓜。这是我独居的第一顿晚餐。而昨天，做了一大锅土豆牛腩。小火炖着，慢慢闻到香，汤收干，起锅，装盘。碗也不用了，直接端着盘子，一边大快朵颐，一边看李咏忽悠蒋勤勤。

李咏说，蒋勤勤生完孩子之后更美了。这话真是没诚意，别怪我刻薄，隔着屏幕，谁都看到了那明显的鱼尾纹。但她真的踏实了，浮华气少了许多。我相信她是个好母亲。

2

夜间的时间，就这样突然多了出来。好像从屋的这头走到另一头，都变快了许多。行为越发没有逻辑起来，信马由缰。赤脚走在地板上，把窗帘拉上，裹着浴巾，抱着书，煮一壶玫瑰茶。等到茶嘟嘟开了，起身关掉。突然想到，等到雨天，炖一锅肉，在沙发上小寐，也不失为一种快乐。

新买的书已经到了。

青梅酒还在桌子上，没有拆封。

不再用急迫的心去拆任何一件礼物，即便是自己送自己的。看着它们在那里，静静等待，觉得心安。

我知道，总有一天，会用得上的。是的，总有一天，总有一个时候。

有时候，有些人，连如此备用的功能都不具备。不是你太强大，是他们太浑浑噩噩，还要努力表现那种浑浑噩噩，以为是潇洒，令人生厌。

我不知道，这样的抵抗是否说明青春年华已逝。当寂寞都无法打败你的时候，你的漏洞真的太少了。没有漏洞，别人无机可乘，自己恐怕只会更加寂寞。高明的剑客恐怕最深谙此道了。想要剑法没破绽，只能让自己孤高，比如西门吹雪，比如叶孤城。

我不要当天下第一，还是像陆小凤那样好。永远没人知道那灵犀一指如何练就，如何攻破。生活的武功，看起来是那样灵犀的巧合就好，不需武装到牙齿，引人决斗。

多年前，那个周末昏睡整日，饿了叫外卖的孩子，就这样一去不复返了。

刹那间，我懂得了你的孤独，可是我再也不会回去你的世界了。

你在寂寞里失去了爱人的能力，飘在半空中了，却没有练就那样一等一的武功，一切都是假象。而我，一定会留着那一丝破绽。

这个屋子，缺一只花瓶。

假如失去你，
不过是我们还不懂爱

1

本来我已经忘记有这样的一种感觉。

有些感情，不管是友情还是爱情，都是彼此对那段时光的见证，假如有幸一直走下去，就成了生命的见证。有很多很多的名字和形容词竖立在那里，像星星，会在某些夜里闪闪发光，串成思念的北斗星。

你将见证并且正在见证这段时光，同时也让我回头的时候，遥望过去的时光，深深感激每一段伤痕。此时的快乐就不再仅仅是一种直觉，更是一种肯定和鼓励。

这是我和你在一起之后，时常都会有的感觉。我想去见证你的梦想实现，也期待着你见证我的梦想实现，然后我们的梦想可以一起实现。

我试图去思考一些问题，但有些问题，比如“将来我们分开后怎么办”，根本从未进入思考的圈子里。不是说有多么笃定，只是觉得并不重要。

就像小时候，兴奋担忧或紧张的时候，辗转反侧，结果其实只是稀松平常的事情。现在即便碰到束手无策的事情，也会想着千山万水都那么过来了，先睡了再说，先爱了再说。在爱的时候好好享受，在流泪的时候好好号啕。对我而言，快乐是悲伤的奖赏，悲伤是快乐的前奏。

假如失去你，那大抵是经历的悲伤不够，或者得到的快乐太多，不是谁的错；或者，那大抵是我们变得不再是相识时的样子，或者我们的人生还要疲惫前进，还停不下来。

关于爱，有多爱呢？爱是一种很玄的东西，如影随形。

关于在一起，什么才是最重要的呢？合适，彼此相爱，有相同的爱情观、价值观。

假如失去你，那大抵是我们的爱不再那么如影随形。

假如失去你，那大抵是我们发现这三点不复存在。

这么想的时候，我害怕的是时光，而不是失去你的心。

2

我们并没有爱到怎样深入骨髓，不过是想牵手一直走下去，见证彼此的人生。

长相守是个考验，随时随地，持续一生。这考验不常常是波澜，通常只是生活渐渐风化。海浪往往只是磨平石头，风沙却能造就千疮百孔。我们需要害怕的不是海浪，而是看似琐碎的风化。

而我现在记录下这些，是希望将来回头看的时候，发现曾经有这么多足以抵抗考验的细小温暖，以此坚定最初的梦想。

紫霞说，我的英雄会踩着七色云彩来娶我。可是紫霞有宝剑，我们没有。我们没有信物去判断谁是那个盖世英雄，我们只有皮肤只有双手只有眼睛。当皮肤双手眼睛离不开的时候，会知道，是的，那是爱。虽然这爱里不再是完全的心无旁骛，有无数的小心思夹杂其中，却是比以往更坚定的坚持。

在此时此刻，我觉得，一起怀抱着最初的梦想的我们，是可以就这样一直一直走下去的。

我相信。

所以，亲爱的，假如失去你，抑或假如失去我，这从来不是一个问题。

有时候，
修炼是一条不归路

1

有一天，不会再跑再跳，不会再突悲突喜，据说这就叫稳重，一个爹妈一直以来希望子女企及的高度。

有一天，发现原来稳重就是温吞水。这世界最难喝的就是温吞水，无味无色，不凉不热，平庸得要死。

对有的人来说，这是迟早的事，无师自通。但是对有的人来说，中庸之道，一生都学不会，是他们自出生就缺失了的。

偶尔我也讨厌某些时候的状态。计算成本，时间成本物质成本。计算所得，当下所得未来所得。我怀念只是在某些片刻的喜欢，只是为一个封面一句话就掏钱的时候。

可是，怀念的那些时候都已经面目模糊。

我并不悲伤，因为当看到如同过去的我一样的孩子的时候，我也并没有觉得欣赏，下意识地只是想去告诉她应该如何做。纯真简单，激烈热烈，这些态度，值得怀念，但是不值得保有。

一如有些人有些事，物是人非。你也不过只是想感叹，并不想挽回什么。这世界上最值钱的品质，是倔强。这世界上最不值钱的品质，也是倔强。可以倔强的，我们放弃了。不能倔强的，在头破血流之后，也终于还是放弃。今天之我们，被成就出一个似我又不似我的自己。

2

故友见面，他的婚期就在这个月。最后结婚的那一个，却是从未想过的那个，一句戏言竟成真。 原本以为会结婚的那个人，却因为各种各样的原因分手了。

有那么多的女子纠结于“他最爱的那个不是我”“他心中想念的人是她”，抱着如此之态度，即便找到那个最爱你的人，结局也一定不会完美。

婚姻那么沉重的话题，其实说起来无非也就是两个字：放下。放过自己，放过别人，便能如意。

某天一个人孤枕难眠时，噩梦连连，总是觉得不完整。不要等到那时候再去怀念，彼时的怀念太过苦痛，因着还有一份想追回的心以及一份明知不可追的理智。

该出手时就出手，该放下时就放下。所谓的寻找，原来只是为了寻求美满，结果却是越找越不美满。因为美满在于平和之后的自身坚实，而非真的是那个天造地设的契合。

有些人越修炼越曲高和寡，那是魔道；有些人越修炼越圆润谦和，那是正道。这世界，越来越多不知所谓的高人在引人走向魔道，结果越往高处走越莫名其妙，越不知自己在何方。

在书吧里找到一本旧书，书的内容是什么已经无关紧要，封面有一句话：希望在哪里？我在买书，来去是无数看不清的脸，他们进进出出，来来去去，各自是为了什么？我是为了什么？

因着这句话，我感激当下的生活。也有哭泣，也有争执，也有不圆满，但是其中的快乐那么踏实。在合适的年纪、合适的时候，拥有一段可以触碰、不易碎、不矫揉造作的感情，是一种静好。

为什么他还没有来

1

我的朋友丸子小姐三年前很喜欢在KTV唱：我想我会一直孤单。现在她已经成了L太太，并且不久就要做妈妈了。

那个时候，我已经不再喜欢唱刘若英的《后来》，但是开始喜欢上高跟鞋，收集了很多她的宣传照。

你们都以为她很孤单，因为她唱的《一辈子的孤单》多么深入人心。你们都以为，她一辈子都难逃开某个男人的影响吧。

她演过结婚狂，演过雌雄大盗。在似水流年的江南古镇里悲伤的她，在《生日快乐》里失去了最爱的他。可我一直觉得，那都不是最真实的她。她其实应该比我们都以为的要淡定，更知道自己是谁，更懂得自己要的是什么样的人。

我也同你们很多人一样为她感伤过。后来，我看了侯佩岑采访她的那期节目，她当着陈升的面哭得一塌糊涂。他问她：你想听哪首歌？她说：《风筝》。

那个时候，我把《风筝》的歌词看了一遍又一遍，我把《风筝》听了一遍又一遍——

因为我知道你是个容易担心的小孩子，所以我将线交你手中却也不敢飞得太远。

不管我随着风飞翔到云间，我希望你能看得见，就算我偶尔会贪玩迷了路，也知道你在等着我。

我是一个贪玩又自由的风筝，每天都会让你担忧，如果有一天迷失风中，要如何回到你身边。

因为我知道你是个容易担心的小孩子，所以我会在乌云来时轻轻滑落在你怀中。

2

我记得她说：有一段时间，我难过的时候就去他家楼下，鼓起勇气敲门，我什么都说不出来。他摸摸我的头，我就乖乖回去。好似这样，一切坏情绪都得到了缓解。

我记得她说，有一次她去甘肃拍戏，那时候没有手机，开着车到处转只为了找一个公用电话。她打电话问他：如果我需要你，你会来吗？他摊开地图找了找，然后告诉她：你已经飞得那么远了，我接不到你，再也接不到了。

他很早就知道，她不再是那个跟在他们后面端茶倒水的少女了。虽然他为她写了那么多歌，他也迟早只是她人生里一个远去的坐标。

张艾嘉发现了她，然后她就不再只是陈升的奶茶了。

只是对于她来说，不管她变成怎样的刘若英，那个男人在她生命里刻下的痕迹再也不能磨灭，就像DNA一样深入到了骨血。这种感情曾经一定被当成爱情，可是后来，就像她唱的，后来，我总算学会了如何去爱。

他那么斩钉截铁地推开她，又其实是一种多么深沉的爱护。他说，我以后都不想再见你。

爱情在凡俗人的眼里手里，已经变成了一种世间最自私最狭隘的情感。不仅如此，多少人还把本就已经自私狭隘的一条线一般的爱情扭成麻花，最后那爱情就像榨汁机里的水果一样破碎成残渣。

因此，他们才成了众人眼里的传奇，超越了普通人性的传奇。

其实，人世间从来不缺少传奇。不是李健用那种不软不硬的腔调唱的“想你时你在天边，想你时你在眼前”，那种情感真的太肤浅，肤浅得不值一提。

我始终相信爱情应该是一种特别博大的感情。

因为爱，天地变宽广。

因为爱，拨开云雾见艳阳。

我做不到，但也希冀能努力做到。因为爱，所以不要捆绑你的人生。因为爱，所以努力活得更好。

爱情为什么能永恒？我想，是因为它能让人变得博大和无私。

我们这些看客们又在惋惜什么呢？

3

很多人感伤刘若英为陈升的书写的序。

为什么要感伤？一个女人如果此生能遇到一个这样的男人，何其有幸。与其与无数纠缠不清的小男人在街头争吵，又或者跟着一个男人变得势利或者卑微，我宁愿遇到一个这样的男人，此生无憾。

“有时我很恨，为什么我的人生到现在还必须跟你的名字扯在一起，但也许我应该感恩，像‘奶茶’这样的名字，也只有你想得出来。”

如果有一个男人，他让你焕然一新，赋予了你人生新的含义；

如果有一个男人，他始终站在那里看着你，不管你正在爱着谁，想到他都觉得心安——

如果你也经历过那样的感情，你会知道，你不害怕孤单，因为你的心里不孤单。

所以，为什么要忘记？为什么要逃离？为什么要感伤？

她唯一的不幸是，因为遇到过那么好的，所以好难遇到更好的。然而，这或许才是最大的幸运。

因为知道什么是更好的，才能一直不怕孤单地活到现在。一旦遇到了后来的那个他，那该是多么值得感谢神灵的事。

“你说过，大树要在天空交接相会才有意思，那时你的意思是说，我还是棵小苗，别老依附着你，要我自己学着长大！嘿嘿，你总会有九十岁的时候，我也会有八十岁的时候，到那个时候，我不奢望我的树长得比其他人高，也不需要长得跟他人一般高，我只确定，我的树顶能遥遥见得着你的树顶就够了。”

现在她尘埃落定了，她不再是飘在空中的风筝，不会再因为牵线的那个人离开了而哭泣。

现在她尘埃落定了，她也已经成了一棵树，找到了愿意像一棵树那样守护在她这棵树身边的男人。

即便这种爱好似不够俗气，不够欢天喜地，却真的是一件极好的事。

4

为什么他还没有来？

关于这个问题，我也曾经问过很多遍，不同时期有过不同的答案。

以前的很多个夜晚，我和闺蜜在广深两地的小公寓里互发短信，我们用同样的一句话安慰彼此：他的白马坏了，他在路上了。我们也不知道这个究竟是不是真的，哪个姑娘没怀疑过自己以后会不幸福呢？谁也没有真正笃定过——关于爱情，我们能确定的只有自己。

一个没见过面的姐姐跟我说，那年她已经不年轻了，所有人都怕她嫁不出去了，可是他还是来了。她对我说，不要害怕，他会来的，只是早晚而已。

我也有过很多的疑惑：我怎么会知道就是他呢？万一我错过了他怎么办？这世界上会不会根本就没有那个他？

这些疑问，在很长的一段时间里给人带来一种莫名的恐慌。有时候，因为这恐慌，我们会莫名地答应一个丝毫不想去的约会，结果最后落荒而逃，自尊在刹那丢盔弃甲。因为这恐慌，我们会以为某些人渣某些烂桃花就是真命天子，于是百般讨好，低到尘埃里，最后自尊爆发，才清醒这位爷原来只是个打酱油的配角。

他到底在干什么？

如果他真的会来，为什么不早到一点呢？为什么要让我们忍受孤独、脆弱、卑微、虚伪、落寞，都不敢再奢望有一个人真的会出现？

他真的会来吗？是的，他真的会来，只是很可能是你完全没有想到的一个他而已。

可是他真的来了的时候，你是否准备好了看到他的双眼？

你们是否准备好了放下过往偏见，好好接受一段全新的感情？

你有没有一颗真正能享受细水长流的心？

因为当已婚的我们回头看，真的一点都不知道会嫁给这个男人。那些初次见面的狗血剧情，居然成就了最后的正果。

5

很多姑娘总以为，他就是自己那个命中注定的人，会有那样美丽的出场，会踩着云彩在那一刻闪亮你的双眼，又或者是潇洒得让你恨不得冲上去抱住他的大腿。

梦想总是丰满的，现实却是骨感的。

你以为你应该配的是一个多金有品位的大叔吗？不。高档西餐厅、音乐会、欧洲旅行这种对大叔来说轻而易举的事情，或许可以拯救你的公主梦，但却绝对拯救不了你的人生。

你以为装腔作势藐视人生的文艺男青年才能触摸到你的灵魂吗？不。谈谈风月，聊聊村上春树，挑剔一下咖啡是不是够高级——如果你涉世未深就算了；如果你已经老大不小，还躲在文艺里不愿意面对真实的世界，那还是擦亮眼睛赶紧醒来先拯救自己的灵魂吧。

你总希望遇到一个懂得在什么剧情阶段就演什么戏码的他。在你期待的时刻紧紧搂住你，在你伤心的时刻懂得逗你笑，能咆哮般说出肉麻的表白，眼中永远只有你，永远只想和你在一起。

如果现实都是这样，那谁还用去看电视剧？谁还会去买小说？完美的人，永远不可能在现实中出现。

那个他，或许贱得让你咬牙切齿，损人不带脏字，没有什么大出息，也不儒雅贵气，他只能在你生病的时候递上一杯热水，只能在每一个平淡无奇的夜晚在你身边默默陪伴。

那个他，或许真的其貌不扬，没有标准的身材，不时尚也没什么品位，就是只愿意看着你穿得美美的，自己却穿着三年前的T恤衬衣。不会嫌你不够性感，每天都希望早点回家，每天都只想抱着你入睡。

那个他，或许不够有钱，没有房也没有车，但是他不抱怨也不愤怒，默默奋斗，为了让你过上更好一点的日子，忍受了许多辛酸却不愿意说。

他很想说，再等等我。

可是他不敢，他只能尽可能对你好。

但如果你能遇上更好的，他也可以放手让你走。

这就是平凡人生里的平凡事。

6

我们大多数的人，都将这样平淡走完一生，我们只能一起把自己的人生慢慢从50分、60分走到70分、80分、90分。

这样的人生有什么不好呢？为什么一开始就希望做到90分，那剩下来的时光用来做什么呢？

这一生还有那么长，比你们想象的要长得多。

我时常回头时就会觉得，我这样平凡的一个人，五六年的时光居然也遇到了这么多的人、这么多的事，发生了如此多的转变。往后的二十年、三十年，我都想象不到会发生什么，好期待呢。

我们的人生太容易被社会和舆论绑架了，我们往往还浑然不知。

有一首歌叫《爱的代价》，张艾嘉唱过，李宗盛唱过，梁咏琪也唱过。什么叫爱的代价，代价就是：走吧，走吧，人总要学会自己长大……也曾伤心流泪，也曾黯然心碎，这就是爱的代价。

他在哪儿？他什么时候会来？

管他呢，我还有大把时间可以好好体验人生。

你来了，我们就一起走。

你不来，我边玩儿边走，也总是可以走到最后的。

爱背后会有多少秘密

男人爱酒，离不开杯中之物总是有道理的，他们也需要一个空间去宣泄。杯中之物，确有它的好处，可以给人一个懈怠的理由，可以让人有一个无所顾忌的姿态。

到了家，回头看到他喝多了已经酣睡。坐在窗边，一种难以言说的心情。我已经忘记独自生活的感觉了，一切都好似水到渠成般。

我深知，我不会逃婚。

很早时候，从我离开学校的那一天起，我一直以一个成熟女子的作风来要求自己。众人面前，宁流血不流泪。再心痛，也绝不会轻易表露。即便当年某人结婚，我是最后一个知道的人，我也只是微笑，绝口不提。可种种阴影，终归没有那么容易排遣。

我愿意信他，我愿意信爱。我知道，此时此刻，他对于现时的幸福感恩在心，满足于心。

可我无法相信这人世间的时光。

而这，其实更是一种看不见的巨大压力。

假若时光已经让你明白它强大的力量，你必定会乖乖臣服于它，再无二心。

五年前我可以大方地允许对方犯错，并且一错再错，我可以说服自己不要心存芥蒂。现在我无法原谅，时光不允许我再原谅。

昨夜看《巴黎，我爱你》，其中有一个故事：

男人有一个很念旧的妻子。他厌烦了她总是穿他送的那件红色风衣，厌烦了她总是在做饭时哼唱同样的歌，厌烦了与她在一起的生活。在餐厅里，他准备提出分手。没想到，她递过来一份诊断书。

她患了血癌。

当下，他发短信给情妇：请忘记我吧。他开始每天陪妻子吃饭，抱着她的脚，在阳光很好的窗边，给她朗读村上春树的作品（为什么是村上，真狗血）。然后，她在他怀里溘然长逝。

他说，原本他以为对妻子是一份怜悯，可是后来发现，那的确是爱。

再以后，他望见穿红色风衣的女子，都心痛得难以自拔。

原本，我以为她知道了他的外遇而故意捏造出一份诊断书，没想到那竟然是真的。或许，这样是最完美的结局。还有多少秘密，隐藏在看似平淡的家居生活中呢？

有些事情，知道了，就做好决定。

有些决定，自己做出就好。

但愿，我们永远不要知道那些秘密。

爱你的人，就是那个会为你好好收藏一切秘密的人。

有一段岁月，总要你一个人走

1

如果我自己一个人过得不够好，我一定没信心踏入婚姻。

某天有人跟我说，一个人在这个城市感觉很孤单。我不经意想起自己刚来这里的时候，过了半年多，身边亲近的人一个接一个离开了。她们说这个城市压力太大，这个城市令她们心伤。

接连送走她们的那段时间，我感觉自己有些自闭。不愿意出门，周末就是睡觉，睡醒了叫外卖。突然有天晚上伤心得无以复加，打电话给一个朋友号啕大哭。

该如何解释，为什么会哭成那样？我不知道。我只是感觉，那一瞬间，那个城市好像只有和自己才亲近。哭完之后，觉得丢人，挂了电话，沉沉睡去。再以后，再没有为这个伤心过，新的生活总会到来，只是不是每个人都能受得住煎熬。

我也不知道为什么会留下来，六年。我不喜欢这里，他们问，那为什么还要待这么久。因为习惯，因为不甘，也因为总归有了不舍离开的一些人。偶尔我觉得不依赖父母，对于人生来说，真的是件好事，虽然于内心来说，要独自度过很困苦的许多时光。

不是不想依赖，是他们始终摆出一副姿态，你看到了就知道，这一生只有你自己才能为你的人生负责。在我人生中每一个重要选择的时刻，他们就是这样的姿态。于是，我也就习惯了昂头斩钉截铁地说：是的，我选择了我不后悔。

得失永远与选择相伴。

2

一个人住的日子，是积极的，是充满期望的，是始终坚信的，是努力赋予诗意的。我现在很少看曾经的日志了，不是不想回忆，而是，真的美好永存我心。

女朋友时常怀念，她说，那时两个人一起住暗无天日的农民房，却居然不觉得苦。白天都要开着灯的屋子，没有阳台也没有风景，没有热水器没有空调，没有电脑没有电视。现在想来好似真的有些苦，当时也觉得对她有些抱歉，她却说不觉得那么苦。

她说那个时候一起做饭，一起洗澡，一起读书，聊心事，感觉人生忽然不同，变得乐观、豁达、充实。

我想，那是因为刚经历过艰难抉择的我，当时正在以十分的信心与乐观面对着人生，也就这样感染着她。

她不知道，那个时候我偷偷在被子里痛哭过好几次，但哭过之后绝不让别人知道。

倔强是要付出代价的，勇气是要付出代价的，真爱是要付出代价的。

这世界，最需要付出代价的事，不是别的，就是好好做自己。

凡是以所谓的维护内心之类的理由拒绝成长，拒绝面对，拒绝生活，这样的人，我永远不会相信他们可以保护得了什么。

你逃不掉的，站在那里什么也不做，最后的结果只有一个，就是等着成为别人的负累。

我很高兴自己在感情上遇到过的那些曲折。

我怀念单身的那个自己，那是前所未有的无比好的一个自己。

即便现在的自己，内心也远不及当时美好良善。

那时候，因为没有尘埃落定，充满希冀，好像人生的每一个转角都可能会有惊喜。

那时候，不用考虑另一个人，随时可以背起包去看望一个想念的朋友。

那时候，感觉自己还有无比多的潜能没有释放出来，感觉胸中有很多诚挚与爱可以去给予等待着的一个人。

现在，我懒了，我停下了脚步休息，我心安理得，不惶恐不忧虑。

因为曾经那样的自己让自己心安理得，因为觉得灵魂里一直有一个那样美好的自己，不会背叛不会远离自己，比任何感情和财富都来得恒久。

那种感觉，我以为就叫安全感。

慢 慢 来 ， 该 来 的 都 会 来

1

这是一个看来的故事。

我并没有亲身经历，心却因此痛了。

曾经有一个女孩儿，从来不舍得为自己添置什么时尚的东西，什么便宜穿什么，就是那种丢在人堆里，绝不会闪闪发光的女子。突然，她失踪了好多天。重新去公司的时候，她的同事闻到一股浓烈的香味，冷冷的脂粉香，好像一个宿醉晨起的夜女郎，穿着高跟鞋，焕然一新地出现在办公室。携香而行，那香水叫黑茉莉。

能让一个女子这样改变的，当然只有爱情。

黑茉莉有一个相恋了多年的男人，是她的同事，在公司前程似锦。这个男人忽然快速宣布了婚讯，据说新娘是客户老板的亲戚。霹雳般，这个从不起眼的狗尾巴草瞬间因情伤变成了黑茉莉。

可是，一年后，黑茉莉，她病死了。

写故事的这个人，是这个女子的同事，我极喜欢看她分析香水的这个博客。

在她博客里看到这个故事，闪电一般刺痛了我。

我一点都不为她被甩了而伤心，我伤心的是，这朵黑茉莉的香气如此短暂。

这个朴素的她，刚刚懂得在这个世界里带着自己的香味御风而行，就被天使带走了。人生里那么多来不及的事，甚至可能还没来得及找到一个欣赏她香味的男子，就这样转瞬间，人没了。

2

那天晚上，和闺蜜躺在酒店的大床上。她说，某个性感陈经常说："你知道吗，北京每年不知道有多少小白领死于车祸，就是那种和我们一样每天都努力打扮得漂漂亮亮去上班的小白领，结果某一天就再也回不了家了。我们为什么还不及时行乐呢？"

及时行乐，我是不支持的。没有底线的太过自爱，我做不到，我有我在乎的人，我有我不想伤害的人。但我想，我这二十几年，已经比很多同龄女子赚得多，爱过痛过无悔过失眠过亢奋过浪漫过奢侈过被宠过失宠过承诺过背弃过潇洒过矛盾过坚持过。

一切一切的经历之后，到如今，我仍然有梦想有憧憬，相信爱情，愿意为爱付出，努力工作，珍惜朋友，还有那么多欣赏我、爱护我、照顾我、思念我的人，这多么值得骄傲，远非钱可以衡量的。我从来都觉得自己很富有，我从来都相信我不会是穷人，所以慢慢行，慢慢体会，不着急，该来的都会来。

可是，黑茉莉呢？上天对她未免有些残忍。

3

记得最近一次和闺蜜分别的时候，她问我：“照惯例，这次有什么训勉啊？”我说：“你已经懂得了底线和分寸，哭过痛过之后也懂得了自爱和选择，除了再努力一点，没有其他可以说的了。”她微微笑着说：“现在的你真是我认识的最好的你，前所未有地美丽。”我告诉她：“偶尔照路边的镜子，笑一笑，发自内心地觉得自己比以前美丽，真的。”

我们都对彼此放心了。

拥抱一下，在火车站入站口干脆地转身，一如既往地不依恋地各走各路。

其实，我知道，虽然从来不说留恋，但是我们都那么高兴地遇到了彼此，然后就这样开始见证彼此的人生。

苍白徐行已经过去了，如今，我们要丰盛热烈的美丽，不管前方是什么，坚持做最好的自己，把未来交给上苍。

你不就是有点钱吗

今天看蔡澜的书里有一段话，颇为经典。

年轻女人崇拜上年纪的男人有几点：

• 因为他们有父亲的形态，和有一些钱。

• 因为他们是有经验的爱人，和有一些钱。

• 因为他们办事有极大的威信，和有一些钱。

• 因为他们懂得艺术，和有一些钱。

不得不说，精辟之极。

人想要活得体面，不需要很多钱，但起码需要有一些钱。

女人不再那么迷恋上了年纪的男人，也是从有一些钱以后开始的。

但一个女人真正的进步，还是从她懂得钱到底可以给自己带来什么开始的。

曾经有一次路过闺蜜的办公室，黑板上写着一句很洋气的英文“We love money”，她说这是给团队励志用的。

我拍下来发到朋友圈，好多人都笑了，还有人问我：这样的极品，真想挖墙脚挖到我司来。

她就是那种用“我要赚钱”来拒绝各种追求和邀约的姑娘，她的改变是在颜值和薪水一起飞升中完成的。有时候我问她，一不是有一大家子需要她来贴补，二不是因为从小受过穷，到底因为什么那么喜欢赚钱。

她说，以前是井底之蛙，自我感觉良好，到了新的圈子，眼界高了，见到了更多更美更有钱的女人，深知差距太大。

差距到底在哪里呢？

我想起自己二十岁，在办公室听到小女生和资深同事背后讨论新来的一位同事，说她每日名牌正装穿得一丝不苟，在女同事当中有些鹤立鸡群，到点就走人，其中还有一句：她不就是有点钱吗？

当时太幼稚，还觉得她们是在维护正义，每个人不都应该像她们那样朴素过活，老实接受老板的盘剥吗？

可后来却发现，人家不加班，工作照样出色完成。不加班是因为很少磨洋工。大老板来视察，主动和她攀谈，她回答得足够得体，从此老总再也不过问她不加班的事情。

很快她就跳槽走人了，理由竟然是：工作环境不好。

后来听说，她去了世界500强公司，薪水也翻了几番。应该不是工作环境不好，而是不屑与某些同事共事。

当年和老闺蜜聊起此事，她倒是光明磊落地说：真希望有一天，也有人在背后指着我的后背说，她不就是有点钱吗？

时隔十年后，我也成了公司的高层，渐渐已经听不到这样的声音了，不知道是不是也有人在背后对着我说这句话。

按照蔡生的那段话，我倒是想写一段女版——上了一点年纪的女人，不太怀念过去有几点：

- 无须再去过多关注打折信息，因为有一点钱。
- 可以结婚，也可以不结婚，因为有一点钱。
- 不再那么害怕被腹诽、被非议，因为有一点钱。
- 越来越喜欢和自己在一起，因为有一点钱。
- 自信多了，美丽也多了，因为有一点钱。

那一点钱，不只是为了昂头进入奢侈品店不露怯，更是对不喜欢的人和事可以说“不”的底气，是可以更多按照自己的想法来活。

过了二十五岁，失个恋，再哭哭啼啼就有些说不过去了，有点钱可以立马买张机票去巴黎喂鸽子。

到了一定年龄，不想再和人挤着合租，有点钱就可以拥有一间属于自己的小公寓，按照喜好的风格装修好，即使每天上班远一点，也甘之如饴。

到了偶尔需要盛装的年龄，有点钱可以买辆车，车尾放上一双高跟鞋，再放上一双跑鞋、一双拖鞋，在各种角色中无缝切换。

多年后方知，有些气度和派头，既是岁月赋予的，也是金钱赋予的。

李碧华说过，不想写时，就看看银行存款的尾数。

这句话，在很久远的时光里，我都拿来激励我自己。

现在，也拿来送给你们。

如果有一天，也有人在你背后说：不就是有一些钱吗？

那大概说明，你终于没有辜负那些过往的岁月。

我 想 带 一 个 靠 谱 的 人 回 家

春节，想到一年一度的催婚大戏即将上演，很多人已经开始头疼。

但帮助大家抱怨父母，我想并不能缓解你们真正的忧虑。于是，分享一下我自己的人生经历。

我和先生，是相亲认识。并且，我身边有好几对朋友，都是通过朋友介绍，相亲认识结婚的。所以，我觉得，相亲不过是认识异性的渠道之一。但前提是你自己得知道，你到底想找一个怎样的人，什么样的人才是靠谱的人。

平时也有一些单身的姑娘希望我帮她们介绍男朋友，可问起想找一个什么样的人，她们往往含糊其辞地说“看感觉”，又或者一脸懵懂说“你看着办”。如果朋友和父母都不知道，你到底希望找什么样的伴侣，她们就只能按照自认为的标准来介绍，甚至抱着“只要是单身，都不妨试试”的心态。

1 尊重你是一个人格独立的女人

人生最大的幸运是遇到一个人，他不仅把你当作一个女人，还是一个拥有独立人格的女人。

在感情里，他既不把你当保姆，更不会把你当成一个妈。他选择你，就是欣赏你的独立，同时也能尊重你作为一个人应有的权利。

选择工作还是当主妇，愿意生几个孩子，希望过什么样的生活，即使在婚姻中，女人也应该有选择的权利，而不是被另一个人的意志绑架。

人格独立，两个人就会各自负责，而不是总在争吵到底是谁不够负责任，谁是罪魁祸首。

两个人即使结婚，也依然有各自的空间，有各自的朋友和生活圈。这是人格独立最大的好处，不容易厌倦彼此，总能发现彼此身上又有成长和改变。

2 不念过去，携手向前

聪明的男人和女人，都不会过多去问对方的过往情史。

快三十岁的人，谁没有一点过去的故事？我相信很多人心里，都会有一个曾经最喜欢的人，在一个真正携手一生的人出现之前。要求一个人没有过去，甚至一认识就把你当成此生最爱，这是不现实的。

我认识一对朋友，他们彼此相识的时候，就知道两个人心口都有一颗朱砂痣。甚至在一起之后，还经常拿对方的前任打趣。在一起后，女方偶尔也会来跟我抱怨，说和他一起去见老同学，他们还是习以为常地提起他和前任的往事，打量的眼神里都在拿她和前任比较。

我跟她说：如果他注定是她的，她注定是他的，你们就不会相遇，更不会成为夫妻。你们能做的，就是过得更好，让前任们去后悔吧。

后来，果然，他们成了让前任后悔的伴侣。

这难道不是人生当中最大快人心的一件事吗？他们治愈了彼此心中曾经的痛。本来只是觉得有点喜欢，但后来，越来越坚定了那份爱。

你越在意过去，就越会把对方往回忆里推。两个成年人在一起的信心和决心，是共同生活里一天天累积起来的，不是一见钟情得来的。

到了三十岁，我们要找的是一个和我们有共同未来，一起向前的人。

3 在共同的圈层很重要

两个人在一起一定要有高质量的聊天，和共同的爱好。

我做过一次媒，两个人第一次见面，选择了和彼此共同的朋友一起吃饭。这样既避免了尴尬，而且朋友们还能很自如地去提起一些话题。一顿饭下来，两个人都喜欢看电影，都喜欢旅行，而且还都喜欢买买买。饭局快结束的时候，男方已经主动约女方下一次约会一起去看电影了。

但我想这样成功的相亲，首先是因为介绍人都充分了解对方，并且大家都处于相同层次的生活圈子里。

所以，女人一定要更优秀、更有见识，让自己先成为一个有趣的人。这样你会避免很多尴尬的催婚，因为大家真的知道，什么样的人才能匹配你。

我曾经写过，足够优秀的人，彼此遇见，很容易就成为对的人。

因为相同层次的人，往往关注差不多的话题，有着差不多的生活爱好，很容易吃到一块，玩到一块。谁也不会觉得高攀或者低就。

这样的爱情和婚姻，晚一点来也没关系。而且，正因为我们都想要这样的相遇，所以，真的不用急着找自己的婚姻伴侣。

恋爱要趁早，结婚不怕晚。

4 爱你，就敢带你回家

常常有人问我，为什么恋爱几年，自己的伴侣仍然不愿意带她回家见父母，每次总是找很多理由。

我想，原因无非这三条。

第一，对方很清楚地知道你不是父母眼中的理想对象。而且也并不准备浪费心力，去求得父母的同意。

第二，根本没有做好和你结婚的打算。

第三，他根本不敢跟父母说“不”。他不具备掌控自己人生的能力。

这样的人，即使你坚持不懈，最终在一起，恐怕也会发现，婚姻当中会不断遇到对方父母的刁难、指责，而他并不会站在你这边。

高情商的人，在带你回家之前，已然早就做好了父母的工作，并且表达了自己坚决的态度。这是一个成年人，面对自己喜欢的人，面对自己想要结婚的人，应该有的态度。

一个搞不定自己父母的人，是很难搞定未来的家庭生活的。

5 婚姻不可怕，可怕的是不合适

我曾经有一个朋友，离异后再次遇到一个喜欢的人，但她坚决拒绝了他的求婚。直到两个人在一起生活几年之后，她才能够相信，他就是那个合适的人。

婚姻向来都是要么一起圆满，要么一起痛苦。我相信，如果两个人能够圆满应对上面的几个问题，这样的婚姻，即使开头不够完美，最后也都能相亲相爱。

不要担心别人说你太挑剔，只要你认为自己值得挑剔。

不要忧伤自己一个人回家，这并不比当年的寒假作业更难应付。

我们害怕的只是对父母的愧疚，但婚姻幸福毕竟是自己这一辈子最重要的事。

如果父母的婚姻并不那么幸福，你更不能重蹈覆辙啊。

如果不能带一个靠谱的人回家，那就带个靠谱的自己回家！

爱情如鬼魅，全无预兆

四个月前，我说：一个好的散步对象，会是一个好的人生伴侣。

我知道，会有很多人并不一定认同这个观点。

但对我而言，能在忙乱狂躁无聊的都市街头，不为着任何目的一起走一段路，相谈甚欢，十指相扣，我才有一定信心和这个人携手共走一段人生路。

一个月后，遇到他，他说：你叫十二啊，足球的点球距离球门正好是十二码，就叫你点球吧，小名球球。被这个名字搞得哭笑不得，后来更是成为姐妹间的笑谈。如今，却真的喜欢上了这个小名。

三个月后，纵贯线深圳演唱会，他说这是他送给自己的生日礼物。

认识他以来，总是见他沉默寡言，若有所思。我的眼里，他的王国有墙有护城河，而我是个旱鸭子。

但是那一夜，他牵着我的手，和全场一起高唱那些老歌。

那是在深圳见过气氛最好的演唱会。

李宗盛唱，我终于失去了你。泪在心里流，我丢弃了那么多，以坚定那样的自己。李宗盛唱，曾经以为人生就这样了，平静的心不会再有浪潮。然后，人群中，我终于遇到了他。

那一夜，曲终人散，演唱会结束，风很大，我们一路走一路走， 就这样自然开始牵手一起走了。那一晚，我被他细细绵绵的亲吻打动。

男射手VS女射手。

两个月的若即若离，在一场热烈的演唱会之后化为乌有。

那天之后的某一天，他说，墙已经被你这只小老鼠钻了个洞。

随后，试探、思量，带着难以放弃的自我保护本能，开始了一段谁也不笃定的过程。

但是，天冷的时候，他从宝安开车到罗湖，在午夜时候给我一个温暖拥抱。

他会开一个小时的车，为了一顿我做的饭。

他会在我做饭的时候，突然出现，从身后抱着我。

他会让人在满是玫瑰花的蛋糕上写：球球，生日快乐。

他会告诉我，未来三年，未来五年，对事业和生活的规划。

他会对身边的人讲，我有女朋友了。

渐渐，他会问：你想我吗？你爱我吗？

渐渐，爱上他的拥抱，爱上他的亲吻，爱上他的每一个微小举动。

虽然在这个时候遇见，都早已不是彼此最纯粹、最热烈、最浪漫的年纪，但我感激上天这样的安排——早一些不会这样心存珍惜，晚一些失掉了耐心与诚意。

在一个看似平常的圣诞夜，从川菜馆出来，去了他极力推荐的小店，拎着两碗芝麻糊逛吉之岛。然后不知怎么的，在中信就要关门的时候，被他拉去挑铂金对戒。

我不知该如何应对，傻傻地跟着他从中信一路走回家。

在我以为自己对这样平常幸福的恋爱完全感到陌生的时候，在我以为自己注定要远离这样的爱情时，我遇到了他。

我记得，凉子跟我说，在所有人都以为她要变剩女的二十八岁，她遇到了她现在的老公。

爱情如鬼魅，突如其来，全无预兆。

别 说 话 ， 吻 我

前几天清理手机，发现了很多五六年前的照片，发到群里，她们都炸锅了。

“当年怎么气质像大妈一样呢？”“当时竟然觉得自己那样挺美的。”

最令人激动的是欣欣的对比照，这五六年，岁月竟然把她打磨成了另一个人，简直是脱胎换骨，重新做人。更气人的是，她最近闪电般地恋爱了，对方简直像她的粉丝，对她宠溺有加。我们问她：一个月前，你不是还在吐槽靠谱男人都去哪里了吗？你不是还在对初恋耿耿于怀吗？

人生就是这样，往往会在你最意想不到的时候，给你一个嘉奖，让你知道：一切都是最好的安排。

十年前，她第一次恋爱，初恋很优秀，两个人都是著名的学霸。临到毕业的时候，她收到对方的通知：他即将出国，这一去可能两三年。

最令人生气的是，他竟然说：你不用等我。连一点机会都不肯给，商量的余地都没有。他未来的人生，并没有给她留下主角的位置，就已经迫不及待地奔向新的征程去了。

她伤心欲绝，痛哭了好几次，喝了好几顿酒，直到一个好朋友跟她说了这么一段话：你太依赖他了，做什么都要在一起，所以他只能先选择自己，不耽误彼此的人生啊。

这段话很难听，但她醒过来了。在他没有出现以前，她也是那个号称最难追的外语系学霸好吗。

年轻时候，总是太天真，天真地以为，爱的那个人多么完美，值得自己放低姿态去讨他欢心。

转过头，才知道人性多现实。不管多爱，你都应该在爱情中保持本色啊。该肆意就肆意，该张扬就张扬，而不是变成他的背景板，只为了去衬托他的优秀，反倒让他忘记了，其实你有多好。

爱让他骄傲如烈日，也让我卑微入尘土。前一种爱，是只顾好好爱别人，不顾自己是不是开心。后一种爱，是终于懂得：只有你先爱自己，别人才能更深刻地爱你。

那一段年少的爱情，成就了一个更骄傲、更独立的欣欣，可当她成为那样的人之后，渐渐就会听到这样的话：

“你肯定是太挑剔了。”

“你都过二十五岁了，再过几年，别人的娃都可以打酱油了。”

“找一个差不多的就得了，不然好的都被别人挑完了。”

她说，不是没遇到能让自己动心的人，只是那些人稍微熟一点都会说：“你那么拼，我只能把你当兄弟啊。”要么就会说：“你这么优秀，肯定很难追吧。”

欣欣说，当时她内心很不平。

“追都没追，你怎么知道我很难追？！”

“我可是有胸的，眼瞎吗，谁跟你当兄弟？！”

最气的是，当年那个人发的三句话——“在吗？”“最近好吗？”“我希望你过得幸福。”

每次看到这几句话，她就忍不住想发飙：我会过得很好，不用你操心。

然而，有多少人不懂不理解你，其实都没有关系，他们都会被时光的大浪淘沙淘汰掉，让你看清谁是真正懂你的人。

某天深夜她跟我说，她恋爱了。

我问她：谁啊？她说，他们一直是朋友圈点赞之交。有天她说，想去看某部电影。他秒回说：正好我也想看，不如一起吧。

她以为那是一部喜剧，正好适合她缓解一下压力，却在电影院里被宋佳演的马俐弄哭了。她正倍觉尴尬的时候，突然有一双手递过来纸巾。他借着电影的台词问她：如果我伸手，会犯错吗？

她眼里还有泪光，这么多年，没有人敢这么对她直率地表白了。

我看到她深夜发送的朋友圈：宋佳美得太令人心动了。马俐才是真正懂爱的人。面包我可以自己赚，远方我已经看过了，你只需要爱我就可以。

然后，她就这样恋爱了。

我们说：这速度也太快了吧，你不是傲娇女王吗？她说：像我这么刚强的人，怎么会在人前流泪？仔细想了一下，无非是和他在一起，感觉自己怎样都好，不用假装坚强。

“以前，我都会喜欢那种比我更优秀、更有才华的人，可在那样的人面前，样样都不自在啊。那不是一种真实的感情，你的一切要求，都感觉是奢望。你再优秀，都难免感觉自卑。”

我说：“那是因为你根本不知道，你还可以爱不一样的人啊。以前的你，只懂一见钟情的华丽，不懂执手相看泪眼的简单，才是你能够真正拥有的幸福。那是另一种一见钟情，不是电光石火，是舒服的秒懂。”

有多优秀，就有多么难以对人说那些委屈。因为受过伤，因为吃过苦，所以艰难保留下的天真和相信，怎么能轻易交付给谁呢。

在她们眼里，那些不敢、不负责任的调情其实都是不懂。很多姑娘，表面看起来骄傲，其实比谁都更懂爱，更有能量去爱。所以女人们都爱宋佳，喜欢她的潇洒、直接、不做作。

“我要的只是简单的、诚实的，我要的只是一段平凡的爱。”这才是她们内心真实的想法。她们是值得一辈子去交的朋友，更是值得被好好爱的姑娘。

那些人，只看得到“你这么优秀，肯定很难追吧”，却不知道，有些姑娘不是追到的，是修来的——只要你有相同的灵魂，看得懂她们的喜悲，自然就能散发出一种令她们放下骄傲的安全气场；只要你有着同样的坚持、同样的追求，不用多说什么，就能让她们感觉自在和舒服。

很多人问我，当初为什么嫁给我先生。我跟她们说，因为他是唯一那个，在我委屈难过的时候，知道我不需要听什么大道理，只会给我一个结结实实拥抱的人。

有的人，说很多，都说不到心里去。

有的人，不说话，你就知道他是对的。

爱情其实真没有那么麻烦，它就是两个成熟的人，看懂了对方的天真。

愿你有高跟鞋也有跑鞋，喝茶也喝酒。

愿你有男人的帅气，也有女人的性感。

愿你对过往情深意重，但从不回头。

愿你得不到的都释怀，想要的都拥有。

愿你只嫁给爱情。别说话，吻我。

没 有 什 么 左 先 生 右 先 生 ，只 有 走 到 最 后 的 对 先 生

听说，这是时下最火的热门话题——你可以和左先生谈恋爱，但一定要嫁给右先生。

加班时。

左先生会说：辛苦了，再忙也要记得吃东西。

右先生会说：给你叫了外卖，抽空吃。

出差时。

左先生会说：一个人在外，要好好照顾自己。

右先生会说：航班号和酒店地址我记下了，打车前把车牌号给我。

大姨妈痛时。

左先生会说：多喝热水。

右先生会说：这我没办法了，他们说结了婚就好了。要不你嫁给我试试？正好我买了戒指。

找工作碰壁时。

左先生会说：加油！相信自己下次一定行！

右先生会说：简历发来瞅瞅。在网上看到某集团在校招，要不要试试？

比赛前一天。

左先生会说：加油，相信你是最棒的！

右先生会说：PPT我试着改了点。比赛完了去看话剧吧？

撞车时。

左先生会说：人没事就好！以后小心点啊！

右先生会说：报警拍照报保险……什么，你不知道怎么报保险？告诉我车牌号！

看完左先生和右先生的对话，觉得实在很耳熟，似乎听过。

然后，拍脑袋一想，右先生不就是我们的爹妈吗？

那个冬天总觉得你穿得太少的人。那个生病马上给你熬粥炖药的人。那个出了任何事，都恨不得马上飞奔到你身边，为你解决一切问题、挡风遮雨的人。

又想起杨绛书里如此写钱锺书：

> 锺书常自叹“拙手笨脚”。我只知道他不会打蝴蝶结，分不清左

脚右脚，拿筷子只会像小孩儿那样一把抓。我并不知道其他方面他是怎样的笨，怎样的拙。

1972年的早春，我们从干校回北京不久，北京开始用煤气罐代替蜂窝煤。早起，锺书照常端上早饭，还有他爱吃的猪油年糕，满面得色。我称赞他能蒸年糕，他也不说什么，装作若无其事的样儿。

我吃着吃着，忽然诧异说："谁给你点的火呀？"（因为平时我晚上把煤炉封上，他早上打开火门，炉子就旺了，这一次不是。）锺书等着我问呢，他得意说："我会划火柴了。"这是他生平第一次划火柴，为的是做早饭……

在我住院期间，锺书只一个人过日子，每天到产院探望，常苦着脸说："我做坏事了。"他打翻了墨水瓶，把房东家的桌布染了。我说："不要紧，我会洗。"

"墨水呀！"

"墨水也能洗。"

他就放心回去。然后他又做坏事了，把台灯砸了。我问明是怎样的灯，我说："不要紧，我会修。"他又放心回去。下一次他又满面愁虑，说是把门轴弄坏了，门轴两头的门球脱落了一个，门不能关了。我说："不要紧，我会修。"他又放心回去。

他感激之余，对我说的"不要紧"深信不疑。我住产院时他做的种种"坏事"，我回寓后，真的全都修好。

锺书叫了汽车接妻女出院，回到寓所。他炖了鸡汤，还剥了碧绿的嫩蚕豆瓣，煮在汤里，盛在碗里，端给我吃。钱家的人若知道他们的

“大阿官”能这般伺候产妇，不知该多么惊奇。

不知道笨手笨脚的钱锺书算是左先生还是右先生？

1 嫁给这样的右先生，真的就会幸福吗？

多年前的一个雨天，那个时候还没有各种叫车软件，没有直达的公交车，我在路边等了半小时也没有等到一辆可以载我的出租。我打电话给他，问他能不能来接我。他说：还没下班，现在路上很堵车，我过来也要很久了，你自己先回去吧。

我气得当时就挂了电话，然后随便上了一辆公交车。他打了好几个电话，我都没有接。

那个时候，我想，我们刚刚开始的恋爱，可能也走不了太久了。

他太忙，既不是愿意承认“我错了”的左先生，也绝不是那种周到体贴的右先生。绝不会像闺蜜的老公那样，每天早起先送你到公司门口，跟你说拜拜，然后晚上再来接你下班。

问他为什么会选我，理由竟然是：因为你勤劳善良啊。

我曾经因为他总说我胖，而生气过至少五十次。

2 他不够好，然而我也不够完美啊

在一起这么多年，我早就习惯了出门自己打车，或者自己开车。出差回来，也不会要求他去接。

有几年他实在太忙，我都习惯了节假日自己安排。家里的煤气水电物业费，他连在哪里交都不知道。

那个时候，我无比执着地想要改变他，改造他。后来他问我：为什么我从来没有想改造你呢？

那天我想了很久，写了一篇文。从此，放下这个执念。

他不够好，然而我也不够完美啊。

一念放下，便得自在。

有一次读者问：你跟先生平时会为什么吵架？

我想了想，回答她说：我们真的不怎么吵架。

每一天，他都会给我打一个电话，我们会聊个几分钟，问问彼此当天的情况，要做什么事情。每周大部分时间都会推掉应酬，早点回家陪家人孩子。有应酬也会提前告诉我。

周末，我们喜欢带着家人一起出去吃顿好的。

他再也不说我太胖了，偶尔会说：你越来越好看了。

家里所有的事情，都会跟我商量，尊重我的意见。

每个月的某几天，都会丢下娃，一起去看最新上映的电影。

依然会牵手，依然拥抱亲吻。

最重要的事是，把钱都交给你。

3 其实，没有什么天造地设的对先生

男孩在二十几岁的时候，或许会有左先生和右先生。

那时候的男生，大部分都很懒，很自我，欠缺责任感，不知道家庭是个什么概念。不管是会说的左先生和会做的右先生，都有一百个让你气得跳脚的理由。而我们自己，也有可能是会说的左小姐，或者只会做的右小姐。

然而，时光是个神奇的东西。

人这辈子，最怕的事情，是成长，是一直在成长。他会让一个人，既是左先生，也是右先生。言语越来越好听，行为越来越世故。而两个人之间，最可贵的事，是一起在成长，彼此滋养，彼此包容，谁也没有落下谁。

彼此成了对方成长的见证人，一想到过去的傻，就忍不住相视一笑。当初，怎么还为这点事生过气呢？当初真没想过，生活还可以像现在这样好啊。

所以，与其找一个像爹妈的右先生，不如找一个愿意为你改变的人。

真正爱你的人，真的就会为你慢慢改变。那改变未必是你以为的地方，但却会在其他的地方给你惊喜。

你要知道，这才是成长里最难的一部分。

年轻的时候，我们都希望别人为自己改变，希望世界为我们改变。

那个时候不懂爱，随时随地一句“不合适”，就可以分手。

等到一定年纪，才知道，我要先改变自己，才有可能改变世界。

我要先为你改变，你才有可能为我改变。

放下我执，反而世界变了，爱情也变了。

其实，没有什么天造地设的对先生。

磨合这种事，扛不过去，就是曲终人散。扛得过去，以后就是一辈子。

有些右先生，也会变成左先生。有些左先生，可能会变成右先生。

只有那个为你不断成长的人，既是你的左先生，也是你的右先生。

只有那个不断成长的自己，既是自己的左小姐，也是自己的右小姐。

不然，这一生，要活那么长干吗？

如果嫁给右先生就是幸福——

你觉得你妈嫁给你爹那样的男人，幸福了吗？

Chapter 3

因为懂得，所以慈悲

“相爱继而决定相守，

这真是世界上最需要探索精神和将军般意志的事情。”

我知道你会来，所以我等

今天看微博，发现李宗盛和梁静茹合唱的《明明白白我的心》演唱会视频上了热搜。

在视频中，李宗盛第一句就说：那个小女生长大了噢……静茹最近跟我说，她越来越能听懂我的歌了，年纪渐长，就渐渐知道老豆（老爸）当初写的是什么意思了，但是我希望你不要像老豆这样，经历那么多。

李宗盛是梁静茹的音乐教父，也是她的干爹，当年他给她写过一首《一夜长大》："我总是很少说，不懂得表达""爱让这女孩一夜长大"。

看到一篇研究文章，说人的大脑不像身体成熟得那么早。

一个人的身体，二十五岁已经开始走向缓慢衰老，可是大脑在二十几岁却仍在生长、在探索。在这个时期的大脑需要刺激，需要新鲜，需要宣泄。

所以，在年轻的时候，我们都很容易迷茫、焦虑。等到后来，我们以为自己成熟了，却总还是会做错事。但犯错，并不是二十岁的专利啊。

1

前段时间遇到一个许久未见的朋友，她经历了一段"和好—分手—再和好—再分手”的恋情之后，就不再和很多朋友联系。那次见面，我问她为什么躲着大家。

她说：清醒了之后，觉得自己到了快三十岁，依然在上演这样的狗血戏码，太傻了。大家都知道他不靠谱，可我还是浪费了一年多的时间在他身上。

我问她：那如果你没有遇到他，时光就不会被浪费掉吗？

她听到这个问题，神情有些惊讶，然后笑了：是啊，其实，每天都会浪费掉很多时间。

感情里其实谈不上所谓的浪费。第一次的失恋，让她知道了，女人的自立是多么多么重要。第二次的错过，让她知道了，她到底想要什么样的生活。第三次的纠结，让她知道，到了三十岁更不能随随便便嫁给一个人。

因为，每一次，她似乎都在变成一个更好的人啊，她的内心是在不断不断地生长，她真的比二十岁的时候更有自信、更爱自己。

2

怎样才算长大呢？

一个人到底要多久，才能长大呢？

很多单亲的姑娘跟我说，他们到现在为止，都不能原谅父母中出轨的那一方。因为他们简直太不负责任了，就是任性的小孩。

更可气的是，很多人自己都还没有长大，却发现，作为成年人的父母仍然在犯傻：五十岁的爸爸，还在追逐年轻的女孩；四十几岁的妈妈，竟然相信网友的誓言。

而二十几岁的她们，在逼着自己长大，逼着自己成熟。

但我却觉得，幸好她们有一个不幸的家庭，所以她们早早被逼着领悟：如何才能活得更好，如何才能确保自己活得比父母幸福。而那些看似顺风顺水的人，从来不需要成熟，却要在中年陡然面对人生的真相。

朋友小曾，曾是很多人羡慕的对象，早早出嫁，先生宠爱有加。结婚几年之后，谁知有一天，突然收到先生的通知说要离婚。朋友们都急着去安慰小曾，却有一个朋友悄悄跟我说：不经历一些事，她是不会真正长大的。

亦舒的小说《我的前半生》，当年轰动一时，写的是女主人公子君，嫁给一位名医生，常年身穿名牌，在圈子里风光多年后，却发现，先生早就有了情人，而她却无处可归。子君发现她引以为傲的前半生，不过是因容貌好，早早拿到了一张婚姻的入场券，其实，她在前二十年，从未好好看过生活的真相。

她不关心孩子是不是真的快乐。

她也不关心丈夫是不是真的满足。

她陷在攀比、虚荣、任性的脾气里。

于是有一天，上天收回了那一切，她才知道，虽然已身为人母、人妻，其实并未长大。

这样的故事，似乎正在席卷很多的家庭。

3

李宗盛说，希望静茹不要经历那么多。但如果梁静茹不曾经历一些爱情的伤，她唱的《勇气》，也不会让那么多姑娘落泪。她也不会知道，爱是怎么让一个姑娘一夜长大的。

女人的人生，有两种成熟的方式。

有一种故事是一夜长大——她们不幸运地遇到了一对不相爱的父母，一个不够好的初恋，对爱情向来心有戚戚，对婚姻更是如临大敌。被逼一夜长大，不曾有过做少女的快乐，早早变成了一个谨慎勤奋的成年人，内心却渴望回归简单的生活。

另一种故事是《我的前半生》那样，幸运地得到父母疼爱，是男人们掌心里的小公主，有资格被宠爱，任性半生，从未想过，人生最糟会是怎样。结果，却在后半生重新学习，要怎样独立，要怎样长大。

有的人是先遇到了爱情，然后才能长大。

有的人是先自己长大，然后才遇到了爱情。

不管哪一种，其实这些都是爱的代价，不所谓对或者错。

我知道你会来，所以我等。

只要等的是自己，就不会失约！

人生很多事，都要等它慢慢熟。

不管是自己，抑或是爱情。

因为，幸福都是顺带而来的，你要等它自己来敲门。

人生很多事急不得，你得等它自己熟。

李宗盛唱了三十多年歌，也做了十多年的手工吉他。

他说：我二十出头入行，三十年写了不到三百首歌，当然算是量少的。

我想一个人有多少天赋，跟出什么样的作品，并无太大的关联。

天赋我还是有的，我有能耐住性子的天赋。

人不能孤独地活着，之所以有作品是为了沟通。透过作品去告诉人家，心里的想法、眼中看世界的样子、所在意的、所珍惜的。

所以，作品就是自己。

所有精工制作的物件，最珍贵、不能替代的——

“人”。

为什么我们要保留我们最珍贵的、最引以为傲的?

一辈子总还是得让一些善意执念推着往前。

我们因此愿意听从内心的安排。

专注做点东西，至少，对得起光阴岁月。

其他的，就留给时间去说吧。

他知道你怕什么吗

1 你怕死吗？

有一天，我坐晚班机从深圳飞杭州，飞了一个小时，气流特别不稳定，颠簸不停，抖到我感觉行李架都要整个掉下来了。平时这种情况，大概几分钟就好，但那天持续了十分钟还没停止。

恰逢马航失联事件没多久，于是我人生第一次触发了“我应该留一份遗书”的想法。我开始想：如果我不在了，孩子怎么办？先生会难过吗？落地之后，我给他发了一条短信：有了孩子，我开始特别怕死。他说：我也是。

那一刻，我突然就放松了好多。前几天，我还在抱怨他总是在微信上发负面事情的视频给我，什么车祸、偷小孩这种，太影响我的心情。

那一天特别能理解他的担忧：当你爱一个人爱到至深处，已不再是初初相爱时的你侬我侬，关心她喜欢什么，送她礼物；而是会时刻担忧以后，担忧那些无常。

2016年10月，春雨医生创始人张锐因劳累过度猝死。他的妻子写了一篇文悼念，最后一句是：“浮屠塔，七千层，不知今生是何生。愿时光永远驻留在2011年4月19日的下午，一片苜蓿花开，你是志气满满的少年，我是花从间无忧的女孩。那时花开，春雨春风。”

一个朋友看完文章跟我说：不知道他走了，她会伤心多久。希望她最起码难过到一天吃不下饭，他就知足了。再久一点，他会心疼。

张智霖曾经对袁咏仪说：我不敢死，怕我现在走了，你和儿子钱不够花。听到你说，即使我现在走了，你和儿子钱也够花，我就放心了。

以往每次回家，我妈就会跟我叨叨：谁谁，你小时候见过的那个叔叔，得癌症突然就死掉了。到了他们那个年纪，最怕的就是听到旧人去世的消息。

但其实，我们比他们更不敢死，上有老母，下有幼子，中流砥柱。

一切恩爱会，无常难得久，生世多畏惧，命危于晨露。

由爱故生忧，由爱故生怖。

若离于爱者，无忧亦无怖。

有多怕，就有多爱。

2 真正爱你的人，才知道你怕什么

比起向他人表达自己，大部分人更难说出口的是自己的恐惧。

刚上班的时候，最怕的是生病。深圳的医院，每次一去至少要耗费一下午，熙熙攘攘的人群，充满着冰冷恐惧的气息。在那里挂着吊瓶两个小时，那感觉太难受了。我怕去医院的事，我只是偶尔跟一个朋友说过一次。后来，只要她知道我病了，就会打电话或者发短信一直陪我聊天。

有个朋友跟我说，她最怕晚上一个人在家，她要把所有的灯都打开，即使睡觉也不敢关灯。后来一个喜欢她的男孩，送了一盏温暖的睡眠灯给她。她说，收到礼物的那一刻，她想要流泪。

有人从来不吃某些食物，因为家里有病史。

有人怕坐飞机，再远也只能坐火车去。

有人怕一个人吃饭，到了饭点就开始恐慌。

有人怕没钱，拼命努力地赚钱。

有人怕结婚，没办法想象和一个人长久生活在一起。

当这样的人，遇到一个人说：这有什么好怕的，别人不都是这样吗？你就是太胆小了。

他们是没办法解释的。

当一个害怕没钱的姑娘，遇到一个三顿吃饱就不着急的男孩，他们是很难继续下去的。因为他永远无法理解，她到底在怕什么，她在多努力地削减那种担心。

后来，他们分手了。

判断两个人是不是足够亲密，未必是他知道她喜欢什么，而是他用心让她的害怕一点点减少。

喜欢的东西，我可以自己买给自己。可人之所以需要另一个人，不就是因为我们会害怕吗？

一个朋友多年以来都恐惧生孩子，想到那幅画面就无法忍受。可换了一个男友之后，她竟然积极地和我探讨，她希望孩子能长得像谁谁那样。

我问她：你不是很怕吗？她说，如果是他，似乎就没那么怕了。因为相信他，不会因为她发胖而嫌弃他，也相信他会把她和孩子照顾得很好。想到这些，那种幸福感超越了恐惧。

爱是缓解恐惧最好的良药。

3 你知道她在怕什么吗？

我每次和一个闺蜜吃饭，她的先生就会打电话问：你在哪里啊？干什么啊？和谁在一起？我说：他怎么这么喜欢查岗啊？她却笑着说：他不是那个意思，他是真的关心我，害怕我出事，并没有管我的意思。这是他的习惯。

还有另一个女朋友，她一个人去参加登山的时候，要把所有的行程计划表，全部发给先生一份。具体到哪一天的哪个时间点，她会在哪里，和谁在一起。我说：这样不累吗？她说：这就是他爱的方式，不能陪我一起旅行，但要知道我时刻是安全的。

我们时常会和关心我们的人争吵——和伴侣，和亲人，往往都只是在意自己要的自由，却很难理解他们要表达的其实不是管束，而是害怕。

当一个人特别担忧一件事，而另一个人则是“这种小事，没关系啊，无所谓”的时候，是她内心最受伤的时候。

有很多妻子，讨厌先生抽烟酗酒、应酬、习惯熬夜，因为她们太想和他们平安地相濡以沫下去。也有很多妻子，到了晚上，看到先生还没回家，他的电话打不通，就会焦虑。

可有几个老公会理解这种唠叨背后的害怕和担忧呢？

由爱故生忧，由爱故生怖。这不是怀疑，也不是不信任。

而他们或许看到的只是：她就是想管我，她就是不能给我一点空间。

如果我们除了用眼睛去看发生的事情，更能够用心体会对方心里的害怕，应该会少很多争吵吧。因为那才是TA放在内心，真正想表达、真正在意的。问问我们自己，别说你为TA付出了多少。你知道，TA怕什么吗？

其实很多时候，每个人只是需要多一句的理解——

“别担心，我快到家了。”

“别害怕，还有我努力呢。”

“好好睡吧，不用怕，我就在这里。”

婚姻，立地成佛还是成魔

1

端午，面朝大海，春不暖花已开过。三天瓢泼大雨之后，黄昏的天空，终于不再哭泣。

喝红酒，才半杯，却已昏昏欲睡。真的躺在床上却睡不着，心心念念。打电话给某女友，她说还未曾见过海。激动得恨不能喊她立即来，跟着她去情侣路上飙车，看白花花的浪拍岸，还有这里夜晚白花花的云被海风吹着跑。

这个关于海的约定，让心情好起来。女朋友，而非男人，成为这世上许多女子的浮生安慰。

她们会买你爱的豹纹高跟鞋送你，然后，在分手的时候发短信告诉你：亲爱的，你要快乐。抬头挺胸，不要辜负那么漂亮的鞋子。她们知道你需要什么，她们知道你害怕什么，她们知道你此时此刻发呆是在想着什么。

何时开始，女人与女人之间，早已远比男人与女人之间更有承担了。这世界，先从床上起身穿衣服离开的权利，已不再那么笃定地属于男人。是悲哀抑或是进步，我不知道。只是，女子们却为这先起身的权利付出了血泪的代价。丢掉了从属关系与忍辱负重之后，背负起一样的价值与责任。

不再哭泣，忘记哭泣。外表是柔媚的裙子，内里是铿锵的森林。唯一可喜可贺的是，铿锵的森林们真的相亲相爱起来。彼此做彼此的树洞，不用羞耻。谁又比谁更无懈可击？谁又比谁爱得精明高深？谁又比谁更了解男人世界的规则呢？

2

其实，所有的爱，都是一个样子。男人的劣根性与女人的口是心非之间的角力，不会停止。所不同的不过是时机。某一天你忙碌高昂的时候，眼高于顶。等到疲惫脆弱空虚的时候，就有了各种各样的误会与错误。我们都在不停面对这些错误，解决错误。只是时时有心无力，于是错过的就那样错过了。最后，那些个不再挣扎，懒得折腾的，就变成了“终成正果”。

但终归有那么一些勇于挣扎，无法放弃折腾的人。一次次地蜕皮，一次次地涅槃。

只是谁都知道，那不是现实世界水泥森林里的故事。小八岁的白马王子，和四十岁遇到的如意郎君，都一样遥不可及。钻石帅哥，珍珠名车，又或者几千美金的昂贵鞋子，可以为之落泪，却不能为此生活。

而我们，就这样笑着彼此的傻，然后互相赞美，鼓足勇气睡觉，迎接明天，没有时间颓废，没有时间失踪。然后永远在来不及哭泣的那一刻，内心默默希望有个正果。这真是宿命。

就像《欲望都市》里的米兰达，她忍受不了女友间的话题总是男人男人，愤怒离席，却在街角遇到前任男友挽着新欢的那一瞬间崩溃。

女人啊女人，你最好的同盟永远是女人，你最好的梦想却还是与男人有关。

婚姻里，成佛还是成魔？

某位我心中潇洒的江湖女子，婚后对我发表结婚感言，四个字：结婚真好。

哪里好？

——被宠爱关心，亲密无间，共同承担。

——恋爱是一段未知的旅程，爱得深怕伤得深，爱得摇摇晃晃。但是结婚了，大可以尽情去爱，因为身边这个人是真真切切只属于你的。

——很喜欢一个人后，失去了，就突然觉得自己不会再爱人了，掉进思念的黑洞，但现在脑海里一直有一句话：他是我的。

站在围城外面，望着她这样大声感叹结婚真好。

我想，她终于求仁得仁了。真为她高兴。

3

关于婚姻，听到很多人说，它已经不再适合当下的社会。人们太忙太累，那么容易疏远又那么容易疲惫。人们有太多选择、太多诱惑，那么容易叛离又那么容易遗忘。

没有人敢否认，这些是真实存在的境况。我们比以往更害怕玉石俱焚，也比以往更轻视生死与共。婚姻，好像慢慢变成逃离某一个困境的工具，一根救命稻草。怕孤独，所以结婚吧；怕不孝，所以结婚吧；怕太老，所以结婚吧；怕穷，所以结婚吧。

这仿若是一件最需要理由却又最不需要理由的事，时机比人更重要，条件比感觉更要紧。娶的不是心目中的那个人，嫁的不是心目中的那个人，却无力挣脱，步步为营。岔口那么多，只是没有任何一个路口标明通往何方，只好继续一步步走下去，不知何时才会结束，又不敢让它结束。

我们真的只能这样，必须要这样吗？

我，不曾懂那种身入围城的感觉。但我知道爱一个人到极致那种强烈的占有感，以及君生我未生的无力与怅惘。

如果爱是一种不可自控的心魔，那么婚姻就是一根征服心魔的权杖，这根权杖的名字叫“属于”。

用婚姻，让这个国家、这个世界对所有人宣告，这个人属于你了。这是一种权利，但只有愿意彼此承担，彼此托付，彼此属于，才能求仁得仁。

从此，握着这根权杖，可以理直气壮地承担宠溺要求，心神定了。这无疑是世间最好的结果。

只是，光怪陆离的人世，有多妖娆疯狂就有多脆弱无力。抱着权杖大肆滥用的人，忘记了来时的路。躲在外面害怕被收服的妖精们，看不清去时的路。

对于很多人而言，他们的漏洞太多，心魔太强大，渗入其中，难以征服。与其说婚姻不适合他们，不如说他们不适合婚姻。心魔不退，除非遇到佛祖般的男子或者观音般的女子来收服。退而求其次，风中摇曳，走得艰难，心力交瘁。

为何成佛，因何成佛，决定了是成佛还是成魔。

就像一出《西游记》。唐僧太懦弱，只好放弃烟火尘世。悟空戾气太重，只能戏耍人间。沙僧悟性太差，平淡人生，但求逃离水底，衣食无忧。八戒贪欲太盛，佛不成佛，落得个被人嗤笑。白龙马，忍辱负重，早已见不到欢喜爱恋。唯有那牛魔王与铁扇公主，夫妻一场，不念道行，不求成佛，到最后真正生死与共了。

不求立地成佛，但求心魔散退，世界大同。

如果我爱你，我还是那么希望，你属于我。

如果婚姻可以让你属于我，又怎会怕遭天谴？

妖精的心愿，也不过如此。

我们该不该妥协

1

她发来短信说：我们又大吵一架，天崩地裂。我问吵架原因，她说是因为衣服。我说，那么睡一觉之后再决定。

她彼时已经暴躁，于是暴躁地说：你不是不看好他吗？那么说点什么让我解脱吧。我回：亲爱的，我还是那句，睡一觉之后再决定。

我们都是可以一夜长大的姑娘，睡眠是对症的良药，比一切降火凉茶都管用。第二天清晨醒来，如果还是打定主意，那么，你自然已经知道该怎么做。事实上，对我们来说，大多数事都会在醒来时变得芝麻绿豆般微不足道。

在这个年纪，说心已老去，真是太矫情。说实在的，我们只是发掘了那条通往自我意识的路径，所以太容易就响起警报。当对方越过边防的时候，当面临被侵占甚至被改造的危险时，那警报犹如丝袜的破洞、指甲上的裂痕一样，某一秒就能让你暴躁，张牙舞爪。于是，有了妥协。这妥协渐渐变成生活的一部分，让人厌烦。其实，在多年前，在没有妥协的概念前，我们觉得那是理所当然的牺牲和付出——为了爱。但现在，妥协更多是为了节省精力，保有生活能量。

因为人生不再有大把时间用来揣测、挥霍、伤感、躲藏，因为开始需要大把时间用来应付奔波、计算、计划、争夺。

爱稀薄了，这其实与伤害无关，只不过是你步入了另外一个阶段，你要去适应那个时候的自己，知道该以什么样的姿态去爱、去生活。

2

说起来，真正的伤害，有多少人曾经历过？当年的痛哭流涕，现在想来，似乎也不过真的是一阵冷风。吹过的时候，顿生凉意，但还不至于有多么撕心裂肺。

有那么多的人，不分开的理由，轻微得简直让我难以置信。我的一个女同学说，因为她害怕分手后不再有人送她去上班，所以她无法舍弃。我们正好相反，因太过敏感，因相信自己是强大的，所以警报时时作响，总轻易地就萌生退意。

在两个人的世界里，女人自视太强大或者太弱小都是一件可怕的事。前者妥协太难，后者妥协太廉价。太难，太容易放弃对方。太廉价，对方会放弃你。这也是为何，我们需要一个势均力敌甚至稍微强势一点的男人，彼此都有付出，互不亏欠。

我们都在试探对方妥协的底线在哪儿，得寸进尺不是好孩子。到了后来，不愿妥协，往往是因为被得寸进尺给逼累了。当得寸进尺变成习惯，彼此已经无法再解释或者再沟通，只有彻底撕裂才能知晓对错。

要找到一个愿意让你妥协，并且知道你的妥协并不廉价的男人。你要试了才知道，妥协的出路不在于妥协本身，而在于你的妥协于对方眼里有多少价值。他若看得到，你会心甘。

关于妥协，还有一点。如果一开始就知道自己绝对无法放弃的东西，不要强迫自己去妥协。因为一旦开始，就不再有回头路，落棋不悔，你要明白。

最后的最后，希望你不要再有在这个城市你一无所有的念头，被这种想法折磨的滋味太难过，我试过，我知道。我也曾向某人大喊，这城市有你的亲人你的朋友你的事业，而我什么都没有。他说：你有我啊。可是抱歉，你无法变成全世界。我的安全感需要的是一只三角凳，否则我时刻觉得要摔倒。

但我现在知道我的底线在哪儿。扪心自问，我离它并不遥远。

怎么样深深爱过，才不枉此生

1

风一夜凉过一夜。

推开门的时候，一阵风从阳台吹来，膝盖一阵凉。单穿裙子的日子好像就要过去了。

找出长睡衣，换上棉拖鞋，先让自己温暖起来，那冷风就再也不能伤我的“皮毛”了。不知为什么，我那么热爱棉拖，热爱那踩在棉花上的感觉，脚趾受到温柔抚慰，那感觉类似靠在谁的胸膛上一般。我爱这夜凉如水的秋，抱着被子入睡，安全踏实。

下午出门前泡的银耳还在碗里，这是妈妈从家里带来的，今天突然想起。轻轻再洗一遍，然后倒进锅里，慢慢炖。即便一个人，还是要有点儿烟火气。没有母亲的家不成家，没有厨房的屋子不叫家，没有烟火气的生活不叫生活。

听说，北京今天下了大雪。十一月飞雪，十年不遇。去年说要去北京看雪，那句话最后成了一个放空的曾经。

我们在不停地失约，也不停地被别人失约。不过，只有少数人、少数的一些约定，被记忆到最后仍是不肯释怀，于是就成了永恒的失落，空在那里，变成人生的一个漏洞。经历过几次之后，再也不肯轻易许诺，再也不肯轻易相信许诺。太怕伤害，活得清醒，时常觉得自己真无情趣。

偶然某天和朋友感慨说：我怎么就这样过早地不活泼了？她正在开车，转头望一眼说：你有你的很多好处，是别人学不来的。

若说好处，我当然知道有许多许多。沉静，安然，沉默对坐不觉尴尬，可以完全信任地将心事交付于我。我心底自知做对了什么做错了什么，却也异常固执不肯妥协不肯更改，时常冷淡，有时候一句话也不想说，有时候却滔滔不绝。

2

雪人，冰冷时雪白耀眼，靠近却寒气逼人。阳光出现时，淌干一滴滴泪，化成一丝丝无形的水汽，快乐得无以复加。

这个世界的冰川已经越来越少，雪线越来越高，雪人却越来越多。

我看到很多人那么忙碌，方向明确，目标明确，眼底却凉凉的。

电影《情约今生》里，比尔对女儿说——

> “我要你尽情体验，沉浸在爱中，忘我地雀跃欢畅。爱是激情，爱是迷恋，爱是不可或缺。疯狂地去爱一个迷恋你的人。他在哪里？要用心去寻找，不是靠理智，否则人生将失去意义。这辈子若没深深爱过，就枉此一生。”

这段话打动了死神（布莱德·皮特），他决定度个假，体验一下那个叫“爱”的东西，体验一下什么叫不枉此生。于是，他有了一个凡人的名字——乔·布莱克。

这桥段真的有些像《天使之城》。一个是迷恋花生酱的死神迷恋上女医生的吻，一个是默默暗恋的天使为了女医生回到人间。

当亲吻如花生酱那样香甜的时候，还有什么比这个更令人雀跃？爱情让他们雀跃，所有的细胞都很快乐，闭着眼睛隔着五米远都能闻到，他们恋爱了。

看着电影里他们缠绵热吻，他们嗅彼此的味道，他们做爱，他们跳舞，他们告白。 最后他消失在漫天璀璨的烟花里，他不再孩子气地说要带走她，留下她在人间，他回到死神的世界。

那最后的烟花，绽放得令人心碎。他借用了凡人的躯壳，最后这副躯壳回来了，可以有资格陪她度过漫漫人生，可这躯壳里的灵魂已经不是他，不再是乔。从此，拥抱亲吻的也不再是他。

不枉此生。

深深爱过。

3

深深爱过。

不枉此生。

我们都曾经在某年某月某日这样告诉过自己。从此之后，好似就可以不用再欢呼雀跃了，因为有多欢呼雀跃，分别时就有多难过。从此之后，做个有泪无心的雪人也不是不好的。

只是，不枉此生，真的真的好难。

可以爱的时候却没有时机去爱，有时机去爱的时候却无人可爱，以为无人可爱的时候忽然被爱神击中，忽然之间爱上的时候又得不到。

不是我错过了你，就是你错过了我。

比尔不知道，找到那样一个人，需要的不是靠心去寻找，而是要有一颗寻找的心。

没有这颗心，所谓的爱人，也不过是可有可无的。

那不是真的爱情，不是。

你的世界，是我想去的地方

1

当年，我们都以为共同坠入爱河，就是美好的了，就是快乐的了，就是发光的了。

后来知道，那不过是一个开始，之后还有漫长的路要走。任何美好的开始不都暗示着幸福的结尾，要有多努力，才能让那个开始不被湮没在悲剧里？假若会被湮没，那我宁愿不要那起初的天旋地转。

朋友的父母，曾经也拥有这世上最诚挚最纯洁的爱情。城市女与农村男的夜奔故事，后来终究消失在灯红酒绿中。他的外婆当年拼命阻挡女儿下嫁，不会想到数十年后还会出现令她活到那个年纪还要怒打不再年轻的女婿的情景。

哪一对分开时怒目相向的夫妻，不是曾经依偎着呢喃细语过的呢？

想着这些，不是觉得悲凉，而是觉得任重道远。

再伟大的开始，也不能让你有任何理由去懈怠。

越是爱，越是不可骄纵彼此。总有不那么爱的那一天，那时的木已成舟，多么经不起撞击。

越是爱，越是不可理所当然。吃老本的爱情，迟早会血本无归。

越是爱，越是要好好对待彼此。难道我们相爱，不是因为要活得更好、更快乐吗?

我知道，这些话，谁都明白。我知道，那些坏事，谁都不希望发生。

2

面对爱和时光，我们时常觉得自己渺小得不堪一击。

面对眼泪和未来，我们时常觉得无所适从，茫然失措。

可是，我还是想固执地好好往你的心里走去。

因为，到了某些年纪，恋爱，并不意味着我已经在你的心里住下来，成为那唯一的住客。

因为，你知道吗，我最害怕的不是不相爱，而是你爱我，我爱你，可是最后我嫁给了别人，你娶了别人。我不要，我不想这样。

往你的心里去，这是我的目标——骄傲但是并不高看自己的我，决定要去好好做一件事。 而最庆幸的是，你也一样努力，像个成熟男人那样努力，让一个女人相信她的未来。

最初，我们都只是在努力，努力验证，这的确不是这浮躁城市的一段快速爱情。

越是爱，越是要警惕自己的敏感和暴躁。有多爱，就有多容易委屈。

然后，我们开始小心翼翼敞开自己城堡的大门，让彼此慢慢窥见里面的白天黑夜是什么光景。

然后，身心头脑真正完全接纳。

再然后，是最难以得到满分的功课：抵御怀疑，建立信任。没有人可以无师自通，我们都要继续努力，一寸一寸去慢慢圆满。

此后的日子才确信那些对未来的憧憬和规划不是海市蜃楼，不是一时兴起，是两个成年人真心的对白。

若你们问：难道这其中，我没有委屈吗？

当然有。

3

我在家等你，可是几个小时都没有消息，等到你电话时，离约定的时间已经过了几个小时，我只好自己打车去吃饭的地方。饭后陪你逛街，结果一进某家男装店，我就找不到你了。那时的悲愤和无力，简直让我想转身回去，再也不要见你。还好，还好，你找到了我。然后，牵着我向前走。那一瞬间，我就原谅了你。

时常，我酝酿好了满腔热情，正陷入剧本里，要倾诉的时候，你却在走神，一副若有所思的样子，让我一下子从沸点降到冰点。又或者，我想到你的好，正想抱着你撒娇或者说情话的时候，你却根本不接话茬儿或者直接一盆冷水浇下来，让我觉得自己就是一根刚刚被霜打过的茄子。

更冷场的情节，也不是没有。总爱刺激我的痛处，要求我减肥留头发，还似笑非笑地说：我的前女友都是长发。更欠揍的剧情也是有的，不仅大方地把旧情人挂在嘴边，而且手机电脑一概设好密码。还好，还好，我知道，你有一颗缺乏安全感的心。有些时候故意不合时宜，只是想验证你是被爱着的男人。

你有你的世界，我并不需要全部占有。

你没有委屈吗？我相信也是有的。

当时当刻，你都会掩饰得很好。某天某刻，才会幽幽地轻声道来。

你说：你几乎从来不主动打电话给我。

你说：送你回家三次，你三次都在车上一直讲电话。

若你不说，这些无心之过，我真的不会察觉。

但是，好在这些都是过去式了。

4

现在，我知道那样的你就是你。

那样看似潇洒，其实敏感的你就是你。

那样又骄傲又害怕伤害的你就是你。

那样看似欠揍，其实在乎的你就是你。

那样努力，其实向往简单生活的你就是你。那样看着很清醒却很爱很爱我的你。

现在，你应该也知道，这样的我就是我了吧？

看似精明其实糊涂的我。

看似乐观其实伤痕累累的我。

看似不黏人却是很爱很爱你的我。

但尽管如此，想到过去，偶尔我也会伤心。我在某天夜晚回来的路上，不争气地掉眼泪。发短信抱怨你，然后不接你的电话。还好，你马上飞车过来，抱着我说：我很爱你的。那几天，你每天有事没事就把这句话挂在嘴边，好似要把以前没说的都补偿回来。

我说：你把这句话存起来，留到以后哪天我想听的时候再说啊。

你躺在我身边说：不，我会一直说到老。

我还能说什么呢?

其实，就在昨天晚上，我特别想对你说：为什么爱你呢？这个问题你也问过我。

想了很久，现在我知道了。因为你让我觉得，我爱得特别真实，那快乐那琐碎都是那么真实。因为你，我，终于落地了。

5

虽然要感谢那些忍耐和坚持，但最要感谢的依然是老天。

当你明白你需要的是什么的时候，遇到一个可以让你落地的男人，这不能不说是运气。

昨夜睡得迷糊之际，他问：你爱我的什么呢?

不是因为你帅，不是因为你的才华，也不是因为你的前途光明，是因为你点亮了一盏灯，我靠近一看，那里确实是我想去的地方。

有些人，你知道他爱你，可是你也知道他不会只爱你。

有些人，你知道他爱你，可是你不知道什么时候就不再爱。

有些人，你知道他爱你，可是你知道，你们不会有结果。

凡此种种，缺乏笃定的世界，迟早会让一个女子失心疯。

有些男人，早已不再相信他会爱一个人，娶她，与她生孩子，与她到老。或许，他们只是不相信自己可以做得到。

他不是你要去的地方，逗留得再久，又能怎样呢?

我亦知道我有多好，但我只稀罕他知道我有多好。

因为他，年华似流水，却不再让我觉得稍纵即逝，如过眼云烟。

爱你的人，
一定能接受真正的你

那些忍心去强迫你改变本性、去顺应一切劣根性的人，都绝非真心疼惜你的人。

真的爱你的人，都只是因着一些微小的理由，或者因着你快乐。而不会是因为你有多么强大，或者你有多么理性；真的爱你的人，不管同性还是异性，是因为你的原本面目，而不是你披的那件被时光刀刃剪裁过的外衣。

有些孩子，以为爱一个人那就是要求她们不断妥协，为了爱情放弃这个那个，或者就是要改变对方，为了对方改变。那我只能说，你们的路还很长很长，因为你们连自己是谁、对方是谁这个问题都没有看清楚。

你是谁？你若不够清楚，那么任何的妥协改变，最后的结局都是清醒，都是爆发。说“不后悔”，那都是漂亮话，安慰自己的。

凭什么不后悔啊？我这样好好的一个姑娘，又不缺胳膊少腿，因为爱，把自己扭来扭去，扭成你喜欢的造型，还没有得到应有的欣赏。凭什么要微笑，要安静，要淡然？我们不是圣女。不要穿双高跟鞋，就以为自己是莫文蔚。也不要穿件美体内衣，就以为自己是朱茵。

你就是你，一个有优点也有缺点的平常人。

他是谁？你若不够清楚，那么这永远是一个错误的命题。题目都是错的，怎么可能有正确的答案？很多姑娘都搞不清楚，为什么明明是同一个男人，开始和结束的感觉会差那么远？

本来就是一个人，是你把那些美好固执地加到他的身上，是你把因着激素和征服欲变成讨好模样的他，当成全部的他。

只有明白了这些，才知道生活究竟是什么样子，才知道很多事都是正常事而已，并非遇人不淑，或者老天不公。

在我最倒霉的那一年，我唯一得出的结论就是：不要太快去判断一个人，也不要简单地把一个人定位成好人或者坏人。

什么时候当你明白了这些，你就会少很多抱怨，少很多不安，少很多莫名其妙的苛求。

不喜欢他的发型？剪个头发还不容易，只要他愿意跟你去。其实很多男人根本不会像女人那样研究发型、脸形，假若他真是个时尚型男，你跟他过日子，估计更累吧。

不喜欢他的穿着？大多数已婚男人的穿着，都是老婆的品位。为着这点放弃了真正的好男人，估计很有可能在看到对方已婚之后，后悔莫及。

不喜欢他的满面油光？一个忙着赚钱娶老婆的男人，一个一心一意想找个好女子的男人，哪里有空去买合适的洗面奶？倒是把自己收拾得比女人还精细的男人，我怀疑他将来有几分心思给孩子换尿布。

一个男人，不是只靠下半身思考的恶魔，也不是只有浪漫情结的天使。他是一个“人”，就有很多面，就有很多男人共同具备的劣根性，就有男人的思考方式，不会因为你的思维而改变，也不会因为你完美得无懈可击就变得如幻想中一般完美。

给慢热的人一个机会

1

我从来都是一个慢热的人，恋爱慢、兴奋慢、热烈慢，连悲伤都慢，慢慢地拖到一个节点，突然就遗忘或者突然就爆发。有时候会吓到自己，但好歹也和这个自己混了这么多年，习惯了，也渐渐明白了。只是对于旁人，我无法解释，也没法解释。

他说：只是说你瘦一点更好看啊，怎么就哭成这样?

我边号啕边支支吾吾地说：凭什么啊?我就这样，也没见谁说我不好看了。你以为你是谁啊，你这个胖子。

每当我蛮横无理毫无逻辑地说这些的时候，我知道，那背后是许多许多的小伤痕，不可言说，因为业已模糊，只是它们一直都在，没有散去。

有的人的爱是一场重感冒，忽遇风寒，来得快去得快。我的爱不是风寒，是胃病，是鼻炎，是默默来，隐隐痛，一直不肯痊愈，抵抗力下降时会突然来袭，让你无力还击。只是旁人看不到，以为你是多么健康的孩子。

关于我的爱情。我知道我慢热，因此也学会了放慢速度去感受，去体会，去体谅。这是好事，还是坏事?

时间握着一把刀，没有血痕，锋利无比。时间把我削成如今的模样，并非我所愿。虽然我目前是看到了黎明前的曙光，但我未必希望你们都以那样的耐心与耐力去面对感情。

因为太痛，因为在此前小半生，我并未遇到过一个真心珍惜我并且可以厮守一生的人。没有那样的境遇，谁会逼自己去理智，去独立，去做一个任何时候都可以挺立在街市微笑应对的女子?

如果我可以，我希望你们撒娇、任性、单纯，甚至根本没有机会去应对那些不好的。

所以我坚强，但是我从来不要求甚至鼓励你们坚强，因为你们是女子。

所以我理性，但是我从来都说，无论怎么翻天覆地都是再正常不过的事，因为你们是女子。

2

这世界，约会是一回事，恋爱是一回事，婚姻又是一回事。可以找一个完美约会的男人，或许能给你浪漫，却远不能给你长久的安全感与细水长流的陪伴。女人的一生，需要一个哥哥、一个父亲、一个情人、一个老公、一个老伴。可以兼任这么多角色的男人，当然很难遇到。

到底想要哪一个，你须想清楚。同样的，这世上也有只适合约会，只适合恋爱，不适合婚姻的男子、女子。终其一生，他们都可能很难去改变，他们不具备在寻常日子里找到快乐和成就感的品质。

所以，不要因为一次完美的相亲、一场完美的约会，就以为，这就是那一位了。 也不要因为一次错误的遇见，一个平淡的约会，就以为，长路漫漫。那些在短暂时间内显现出无数优点的男子，只是在无数的战斗中学会了如何完美地隐藏缺点而已。

每一个普通的人，都值得我们多付出一点耐心。

每一个看似平淡的人，或许内心都藏有一片海洋。

我们花那么多时间玩游戏，看无聊的帖子，八卦别人的生活，为什么却不能给予遇到的人多一点的时间？为什么不能给予那些慢热的人多一点展现的机会？

谁都不是火眼金睛，过分相信你的直觉，很可能只有一个浪漫的开始，却是一个糟糕的结尾。

直觉？这东西，我只拿来挑选不影响生命的事物。对于万物之灵的人，只依赖直觉，我真的怕会错过很多有趣的人。

难道你不怕吗？

闺蜜说，我最爱做的总结都是这两句话。

一句是：这很正常啊。

一句是：时间会给你答案，都会过去的。

要爱就爱男二号

1

男一号是拿来追随的，男二号是用来心疼的。

男一号可以霸道蛮横，翻来覆去，颠三倒四，说一套做一套，舍不得西瓜也丢不下芝麻，反正最后女一号是他的，女二号也还是他的，只是他不要。

男二号却永远是光，是电，是海洋，是骑士。在女一号最脆弱的时候出现，安慰她鼓励她，让她懂得发光发热。付出一百分的努力去守护，却只是伴她走上幸福大道，然后望着她完美靓丽地站在男一号身边，挥手离去，只留下一个潇洒黯然的背影。

男一号满足女人需要的崇拜和仰望，男二号满足女人需要的安全和守护。在女人寻找爱的过程中，从崇拜到守护，是一条艰辛痛苦的路。崇拜适合年轻的女子，她们有足够精力纠结，也有足够空间被改造，还有足够的自我被压缩。再大一点，那一颗老心就经不起折腾了，不是不够爱，是伤不起、爱不起了。崇拜和仰望里的幸福，如履薄冰，心脏不好的，随时感觉要泪如决堤，离自我毁灭不远。而我业已变成一个实在的女人，再辉煌的崇拜，比不上一个结实的拥抱，比不上醒来闻到饭香的踏实感。所以，帝王般的男一号就留给其他人去膜拜吧，我只爱我的骑士，尽管在偶像剧里，他们从来只有付出和落寞。

女友问，是不是善良的人都是拿来被伤害的？善良的人，不一定总是被伤害，只是伤起来更容易。这就是人性，因为善良所以无害，因为善良所以要比一般人更能忍耐并存活。而无害和忍耐，往往会成为自私的通行证。即便对方心有愧疚，依然忍心伤了你，去成全他们自己。

可爱不能成为不懂人情世故的理由，帅哥在烟火俗世里派不上一点用场，傻乎乎的人大多数时候其实是令人厌烦的。

2

我承认，我不想看到你们受伤，总是习惯了做那个思虑深、忧愁长的人。我怕你们被欺负，怕你们不够幸福，怕你们太隐忍没了自己，最后却又被不屑一顾。不是因为我懂的东西多，而是因为痛过太多，久病成良医。

一个善良简单的人，本性如此，一辈子缺乏演技，缺乏圆滑世故，但至少应该学会懂得什么样的事可以做，什么样的人要躲，拥有更多的自愈能力。这样，伤得会少一些，还能继续相信美好。

做一个聪明却不复杂、简单却不无知的人，是期许也是盼望。这个平衡太难，也太漫长。所以，我总在悲伤的时候，想到看偶像剧，即便被男二号的守护骗骗也是好的。准备好纸巾，释放心底的相信与美好，看到拥抱心就变得柔软，看到亲吻就激动，看到生离死别就哭得无法自抑。然后，我知道，爱的力量并没有因为伤痛而消失，柔软与浪漫并没有被琐碎残忍的生活完全淹没。

只是哭过之后，还是要清楚，男一号现实里都会选择高贵优雅有家世背景的女二号，而女一号其实更适合跟着男二号细水长流。如果要爱，还是爱骑士般的男二号吧，让他像爱一个孩子那般守护你，即便现实里的他不如偶像剧里那般帅气逼人。

我们再聪明高傲，毕竟也不是真的公主。

有 些 人 的 好 ，
是 要 慢 慢 体 会 的

开始，你拥抱的时候总爱问：“你爱我吗？”

这不应该是我的台词吗？你抢了我的台词，但是我喜欢这个创意。让我觉得内心满满的、软软的，就像大冬天我的小心脏盖上了一床刚晒过太阳的棉花被。

不知道什么时候开始，你不再需要这句台词了，换成拥抱的时候狠狠啃我一口。和你在一起，我似乎也不需要确认你对我的感觉，从一开始就不用。那倒不是因为我一直多么笃定你是在乎我的，而是嗅到了同类的气味。

闺蜜对我说：认识你久了会发现，你有时候真的很沉默很沉浸在自己的世界里。是的，最初我眼里的你就是这样的，那种感觉就好像看着另一个自己。那个旁人眼里，眼神放空、看起来满腹心事的自己。其实，只是突然就游离了而已。这种发呆，是另一种专注。

看着那样的你，心里在微微笑，我觉得我们是有那种莫名的默契在的——一种旁人无法懂的默契。于是，很多事不用更多的宽容就可以释怀。晚遇见，有晚遇见的幸运和道理。我感激每一个让你成为如今的你的人。

你有你的很多坚持，你不会对所有的付出都理所当然地接受。你会在我打不开瓶盖的时候说：傻子，老公是用来干吗的？你会在码头等我，送我回家，然后凌晨再回自己的家。你会在我迷路的时候说：我怎么放心以后让你一个人出门？

不管我在其他人看来是多么冷静明晰，又或者是你们觉得的淡然自傲，可在这个男人面前，他会叫我小傻小傻。我对这个所谓的昵称非常抗拒，甚至会生气。可是久了，突然意识到那里面是温柔的在乎，就像用手轻抚头发时的那种温柔。

起初，我对这种烟火似的恋爱感觉陌生而疏离，好像它从未在我的生命中出现过。可是，渐渐地，感觉自然。不管是好的我，坏的我，聪明的我，傻的我，都能被那样的你拥抱。

起初，我觉得我并不擅长这样去爱一个人。我不懂表达心事，我不会撒娇装可爱，我不习惯汇报行踪，我不会表现热烈——只会静静地用无辜的眼神看着你，又或者在醒来时静静望着你。可是，即便你也许并不欣赏这样的我，却很少表达失望或者意见，你愿意去爱本来的我，不曾表现出要蛮横改造的意图。

有些人的好处，是要慢慢体会的，因为有些人的好处，并不轻易摊开给外人看。有些时候，开头看来并不好，但阴霾的早晨未必就没有阳光的午后。

我希望，现在的日子对我们而言，只是另一段人生路真正的开头。我希望，往后的日子能像歌里唱的那样，“有生之年，手心长出纠缠的曲线。”我希望，回忆起那并不是一见钟情的开始，我们有更多的耐心和爱意去面对每一个人生的转折点。

我希望，尽管谁也预料不到结局，但都当成是人生中最后的一段恋爱一般去爱。我希望，谁也不能保证这是最后的一次动心，但是心里明了有个地方有一棵树，已经在那里生根、发芽、开花了。

我希望，我们的爱情让彼此更完美。或许像他们所说，将来，那并不能被称作爱情，但有这样的你见证我的人生悲喜，并不令我恐慌担忧，它是一种喜悦，是类似夹心巧克力一样的喜悦，不知咬下去是什么，可是味道一定不会糟糕。

这句话，写在这里，作为生命的铭记。

快乐，就是今天与昨天不一样

某天临近黄昏的时候，收到希子姑娘长长的短信："亲爱的，我终于通过了一个小考试，很开心。现在坐在一个安静的地方看新一期的《城市画报》。这一期有写厦门一个叫植物时光的餐厅的文章，此时开个小店的梦想越来越强烈。真的好爱厦门那个小岛，在那里好像一切都慢了下来。你最近的文越来越好了，人也越发通透美丽，要一直这样。Wish you."

1

这条短信这几天一直在我脑海里翻来覆去地出现。于是在某天回家路上，买了新一期的《城市画报》，十周年特刊。正红的封面，白色的字写着："你快乐吗？"于是又想起奶茶说的那句话——当你独自一人的时候，说一句"我很好"，听自己的声音是否越来越大。她说，她试了，发现她内心的鼓点伴着这句话响得越来越强烈。

你快乐吗？在《欲望都市》里，夏洛蒂说："虽然不是每时每刻都觉得快乐，但是每天都觉得快乐。"这个回答令其他三个女子怅惘了很久。她是最简单的女子，因为她信仰真爱，最简单的理想不过是她和女友们都能觅得真爱。

你快乐吗？虽然不是每时每刻都觉得快乐，但是每天都有快乐的时候。这是我的答案。对于女人而言，小忧郁那么轻易地随时随地而来，但只要你愿意，总有安慰出现。

比如，我喜欢睡黄昏觉。据说下午4点的睡眠可以如午夜时一样深沉，黄昏时沉沉睡去是美事，可醒来时望到一片漆黑，又饥肠辘辘，那失望和悲伤就会突如其来，闪电般击中你。

这种细微的忧郁，从来不曾有人知道。可是，有一天，你忽然遇到和你那么相似的女子。然后，某一天，黄昏觉醒来，她的短信也随之到来：有没有醒？给你个短信让你醒来时感觉好些。那一刻，仿若晨起浑浑噩噩时，喝了一口茉莉香片，唇齿生香，沁人心脾。

每天都会有觉得快乐的时候，倘若你不那么追求结果，总会发现过程中的美丽。

2

《城市画报》十周年策划了一个活动：在全国选择一百个人，去一百个有趣的、快乐的、创新的、给予启发的工作岗位上体验一周。这一期，有人去做熊猫饲养员，有人去做古琴制作师，有人去茶田采茶。而我最喜欢的岗位，当然是希子说的在植物时光里做服务员。

朵朵和芳姐，两个超过三十岁的女人，厌倦了白骨精的生活，在厦门的巷子里开了一间餐厅，店里有一百多棵植物，没有荤食。她们在全国各地招兼职或长期的服务员，在店里服务可以享受免费田园餐，免费住在鼓浪屿背山靠海的房子里，采果子、逛巷子、逗猫，工作两天休息一天。

年轻时候，我们的梦想里，总有一个是“开间小店铺”。当年，我梦想着开一间花店。然后某人说她要开一个酒吧，又有某人说要开一个书店……我们计划着将来的一天，把店开在同一条街道上，每天插科打诨，逗弄顾客，去各家串门，还要把那条街命名为“敏思路”，门牌号就是“敏思路xx号”。如今，除了记得这个梦想，再也没有一个梦想是和开一间小店有关。

像我这样不善营生的人，当梦想和生计有关的时候，梦想所有的颜色就会变得晦暗。开一间小店，就像满头乌黑长发，就像满手发光的长指甲一样，适合抚慰有钱有闲的时光。

3

在红尘里打滚的我们，只能盼着心凉时喝一碗热汤，疲惫时睡一个黄昏觉，加班时有人送宵夜。身体舒适满足之后，再来一点点突如其来的小快乐，就是幸福了。或许有一天，这样的幸福已经远远不能满足我们，但我想，总能做点什么是可以让自己快乐起来的。

其实，快乐是什么呢？实习的女孩儿问茶农：每天重复这样的工作会厌倦吗？他们笑着说：“我们这里的风景那么美丽，而且每天都在变化，怎么会厌倦？”

我喜欢抬头望月亮，然后告诉身边的人：你看今天的月牙儿多清亮窈窕。又或者开心地说：怎么今天的月亮被人咬了一口？

倘若今天没有月亮，那还可以看到白白的云被夜风吹着忽忽地跑。倘若没有云，那还有花开。倘若没有花开，那还有甜点。总会遇到不同的人，总会发生有趣的事，总会有与昨天不一样的快乐出现。

我对我的乐观与倔强同样无能为力。

我对我的骄傲与卑微同样无能为力。

我对我的失败与伟大同样无能为力。

我对我的敏感与冷淡同样无能为力。

但总体来说，我是爱自己的，并且是快乐的。

如 果 余 生 都 是 你 ， 晚 到 一 点 没 关 系

亲爱的克莱尔：

“what”和“if”是两个毫无关系的词，但是把它们连着放到一起，它们就能让你余生都魂牵梦萦。

如果这样了又会怎样？如果这样了又会怎样？如果这样了又会怎样？

我不知道你的故事最后怎样了，但要是你觉得那是真爱，那就永远不晚。曾经的真爱如今为何不能再续前缘？你需要的仅仅是勇敢听从自己的心。我不知道朱丽叶那样的爱情是什么感觉，那种爱值得离家出走，值得跨越重洋。但我相信，要是我遇到过这样的真爱，我会有勇气去把握住它。而且，克莱尔，要是你曾经错过，我希望将来你会把握住。

这封信来自电影《写给朱丽叶的信》，四年前的一个午后，我看过这部电影，但今天才知道这里面藏着一个真实的故事。

电影里，出生于伦敦上流家庭的克莱尔，在意大利和一个葡萄园的小伙子一见钟情。他们相约私奔，去他的家乡。可最后，克莱尔失约了，最终她还是选择了家族，放弃了爱情。走之前，她留下了一封信，在朱丽叶故居前

的许愿墙里。

五十年后，一位年轻的姑娘意外地收到了这封信，然后回了开头的那样一封信——如果你觉得是真爱，那就永远不晚。

我永远记得电影的那一幕，辗转寻找旧情人的克莱尔，失望地准备回到英国。然而，她看到了一片葡萄园，和当初他给她描述的一模一样，她站在那，看到一个男孩酷似当年的他。

然后，他骑着一匹黑马，穿过葡萄园，来到她的面前。

这是一部美好的电影，但原来这就是克莱尔的扮演者——英国演员瓦妮莎人生中的真实爱情。

二十五岁的瓦妮莎，被导演托尼疯狂追求之后，嫁给了他，先后生下了两个女儿。然而为了爱情放弃事业的瓦妮莎，在精心抚育孩子的同时，先生却出轨了。

1966年离婚后，单亲妈妈瓦妮萨拼命拍戏工作，在拍摄电影时遇到了意大利演员尼罗，他不仅爱她，还给了她的孩子久违的父爱。然而瓦妮莎已经在上一段婚姻中被伤透了心，不再敢踏入婚姻。无论尼罗如何感动了她，她还是不愿意做出任何承诺。三年后，失望的尼罗黯然离开。

二十五年后，瓦妮莎的大女儿娜塔沙结婚，因为生父去世，她邀请了尼罗作为父亲参加自己的婚礼。婚礼上，他们再次重逢。这个时候，两个人都是花甲之年了。

2006年，他又用了十二年的等待，终于让瓦妮莎点头嫁给他。这个时候，两个人加起来已经一百三十四岁，可谁又能说，这不是一场最美的婚礼呢？

这个时候，距离他们第一次相遇，已经整整四十年。

当年的金童玉女，如今的两鬓白发，然而互相对视的眼神，依然不变。时光让彼此经历了人生更多的故事，却也让彼此更加确认谁才是那个至死都想去守护和陪伴的人。

几年后，瓦妮莎的大女儿、弟弟、妹妹相继离开人世，在三场葬礼之后，瓦妮莎悲痛欲绝。尼罗为了安慰她，为她种了一大片玫瑰园，这玫瑰园的名字就叫娜塔沙。

他们的爱情故事，跨越了半个世纪，在《给朱丽叶的信》中完美再现。

如果余生都是你，晚到一点也没关系。

到了我这个年龄，身边很多朋友都告别了上一段婚姻。我见过了她们在婚姻中吵闹、流泪、悲伤、压抑，到最后的绝望放弃。

当她们身披婚纱、穿着婚鞋时，也不知道，才几年光景就会走到离婚的结局。然而，真的要庆幸，还好我们还年轻，还好我们还有很多理想未实现，还好我们还没有两鬓斑白。

尼罗在电影里有一句台词说：今早骑马出门时，我还是一个老头。现在，我重新变成一个少年。人生是一个有趣的循环。少年时，我们爱得毫无顾忌，恨不得付出全部，以为此生以后都是他。

经历过一些故事之后，渐渐把自己从娇嫩的花朵变成铿锵的种子，重新把自己狠狠埋在泥土里，长出自己的叶子，长出自己的硬刺，再结出沉甸甸的果实。

可谁又不曾在午夜里梦想着，有一个人出现，细心灌溉呵护，让这棵许久不开花的树，重新开出如少女一般明媚的花朵。

其实，不是我们爱不起了，而是时间让我们明白，一棵藤希望遇到一棵草，终究是脆弱的。只有淬炼自己，让自己重新成为一个完满的圆，再去遇见彼此，才有一棵树与另一棵树的久别重逢。

所以，别再说，你已经老了。在即将八十岁的瓦妮莎和尼罗面前，我们还都是年轻的花朵，我们还有时间去等待。

我们还需要时间让自己成熟，让自己放下，让自己结果。

只有放弃了彼此缠绕、彼此捆绑，才能告别担心、忧虑。

只有看过了繁花似锦、璀璨星光，才能舍得名利、虚荣。

那个时候的我们，才是刚刚好，才是真正懂得了爱。

小的时候，我喜欢躺在草地上看天空，
怀疑星星是火，怀疑太阳是不是移动，怀疑真相是个骗子，
但我从不质疑爱。

最后的最后，敬我们爱的人，不管他们在哪里。

Chapter 4

记住，你被很多人爱着

“不是我们忘记了初衷，而是初衷渐渐变得没有想象的那么重要。

只有记忆中，你爱谈天，我爱笑。”

我的风骨，源于她的骨血

1

在食物的问题上，我向来是极有原则又极固执的人。

我喜欢在吃的时候，一边大饱口福，一边得意地想，这个可以补充维生素，这个可以美白，这个有胶原蛋白，这个可以丰胸。这些想法让我感觉自爱，并且不潦草地生活着。

为了不潦草地生活，我很小就开始留心与积累关于生活的很多奥妙。还在上小学时，做完作业就开始翻日历。那个时候的日历总是有很多生活小贴士、营养学常识之类的东西。当别人都沉迷于武侠小说、言情电视剧的时候，我已经很实在地开始学习在菜市场与小贩斤斤计较。

我的妈妈总是害怕将来有一天，我面对着开水手足无措地大叫。殊不知，现在的电水壶都是自动跳闸。于是，我被她教育成那样有风骨的女子。

十几岁的时候，舅舅大婚，酒宴散场的时候，我坐在台阶上号啕大哭，谁劝都不听。身边人都在问：这是谁家的孩子，怎么哭得如此伤心？而我只是想哭而已，没有理由。之后，再没在众人面前哭过。

读书时候，被男生取笑或者欺负，永远都是冷冷站起来，推倒他的桌子，转身就走。他们叫我小辣椒，背后皆言我太傲气，我都引以为豪。那个时候想做可以一手遮天的女子，内心里疯狂喜欢着一个叫卡莉·菲奥莉娜的女子。喜欢她精致的套装、黑色丝袜，以及那么锋芒四射的高跟鞋。

等到有一天，我也如她一般站在街头把傲气踩在高跟鞋下的时候，却怀念起那个穿球鞋的羞涩小女孩儿。

2

我不是那块材料，我已经深深自知。

我太热爱烟尘俗世里的小快乐，远远胜过锦衣夜行、觥筹交错。吃不得那般苦，唯有温润如玉，还能保持粉黛昂头。

但如此这般粉黛昂头，也不是轻易换得的。

美女也失恋，有能力也会被人质疑，获得认可哪有那么容易？

数不清多少次穿行在车站，人头攒动，在到处是大嗓门与拎着编织袋的人群里，我是一个独自上路没有人接站的女子。

台风天气搬家，挺身而出护着身旁人，与小工们周旋，冷着脸攥着拳头，让他们不敢轻易狮子大张口。

劳心劳力之后，还要受人埋怨，也只能一概承担。睡一觉之后，默默忘记。再累再饿，回家给自己煮碗面，吃完不想家。洗衣机坏了，灯坏了，煤气没了，已经不能激起我的脾气。默默看着，第二天找人修理，然后继续与修理工斗智斗勇。

再痛的事，也有沉湎期限，因为明日还要早起上班，还要继续电话给父母说我很好。病了，加紧干完活，一个人去医院，挂完吊瓶，喊护士抽针，再默默回办公室，继续干活。

这城市多的是这般为了点风骨，与生活琐碎无穷斗争的女子，没有什么好哭泣。工作上的心酸苦痛，亦从不对人倾诉。这世上，即使赚钱买花戴，也要勤奋，这是本分，没有什么好埋怨。

爱情，不管欢喜悲哀，向来冷暖自知。对朋友告知开始和结果，只是表示我活着而已，生怕烦扰她们超过三分钟。想喝酒的时候，翻一圈电话号码，还是默默关机睡觉。

然后，听到某女说，多怕无人接站，多么凄惶！

忽地，心疼起自己来。

这样一路走来，到了今日，听你们诉说你们的悲欢，才知我对自己很苛刻。女友说：你是亦舒笔下的女主角，是宁波，是南孙。我笑，我哪有那般坚强自立？但你们不说，我尚以为，全世界的人都如我的母亲那般有风骨地活着。我从不记得她落泪，不记得她有埋怨、有孤单、有仇怨。

可我爱她。我也爱身上她的那份骨血。

不然，我如何让你爱我的肉体，也爱我的灵魂？

世上你最像的那个男人

这么长久以来的第一次昏睡，是在一个传说台风将来的午后。

拉上窗帘，雷电在阴影里很乖很低调。手脚冰凉，在这夏日，没有开空调，拉着薄被，沉沉睡去。沉睡不知归路，我忘记了秒针的转动，我忘记了流年。在这一张铺满花朵的床上，安宁温暖。在这夏日，全然不管，全然不知外面的闷热。

中途有人打电话来。再被吵醒的时候，依然是电话，他打来的。闲话了家常，最后，他说他去做饭了。我心一惊，这个当年沉闷严肃、时常烟酒味满身的男子，如今却会在思念满溢的黄昏里打一个温情的电话。十年前，我怎会想到有今日之光景？那时候，怕他、躲他甚至憎他都来不及。

看过他二十年前的照片，黄山，白衬衣，短发，英姿勃发，像一棵树一样的年轻男子。都说我那么像他，尤其是眉眼，可惜我不曾遇见过那样的他。现在，他有眼袋、有皱纹、有肚子、有烟渍。

可是，我爱那样的他，以及知道他那样爱我。

甚至，因为他，讨厌聒噪的男人，讨厌嬉皮笑脸，讨厌解释和违心奉承；习惯看到笑容缺失，习惯嗅到烟草味，习惯高兴时候一饮而尽。我以为我绝不会继承的那些因子和骨血，如今如水墨画般，在阴天的天气里，印记越来越浓，铺陈开来，重峦叠嶂，河流弯弯曲曲，终归大海。

我很少主动和他亲近。小时候，他热爱抱着我这团小胖子，然后咧嘴靠近我的腮帮子，扑面的烟草味和麦芒一般的胡子，让我心生惧怕，我举着小肉手，阻挠他靠近。

他也不介意，一而再、再而三地尝试，直到有一天我不再穿着小裤衩在他面前晃荡，直到有一天我会躲着他换衣，直到有一天他会轻轻敲我的房门不敢擅自入内。

从此之后，肉身之间隔着墙壁，叛逆的少女与疲惫憔悴的中年男人渐行渐远，甚至相见无言。他不懂青涩，和我不懂负担，似乎有着天壤之别。

某一天，突然喜欢上他酒醉后的样子，捏捏他胖乎乎的肉脸，听他傻乎乎地笑着说：喝酒了你就不理我了吗？那样的无所防备，换来了我的无所顾忌。只有那个时候，我对他会多一些爱怜。第二天，他酒醒，恢复黑面黑衣，严厉苛刻，我甚至会希望他能喝点酒，躺在沙发那儿对着我笑。

再然后，跌跌撞撞之后，回忆起旧日时光，我发现，像他那样爱我的男人，还可以到哪里去找？

死而无憾，只因为人世的温柔

我们到的时候，已经是病危通知下达的翌日中午，她躺在病房里，戴着氧气罩，一呼一吸都感觉非常吃力。所有的人围在她身边，我以为他会哭，但是他没有。他是她的心肝宝贝，所有人都知道。她视他为最大的寄托，所有人都知道。

她一直不肯咽下那口气，是等着他回来。她一生平凡，半辈子辛苦，最大的骄傲是养了这么个孙子。她连给重孙的小衣服都亲手做好了，却还是等不到亲眼见到的那一刻。

今年三月份，我给她打电话，她跟我说：夫妻之间最要紧的是信任，你一定要信任他。又叮嘱我说，两个人要互相扶持，不要吵架。所以我一直相信，因为她，才有那样的他。会套被子的他，因为奶奶教的。会做肉圆子的他，因为奶奶教的。懂得病了该吃什么药的他，因为奶奶教的。

一个从来都把自己收拾得干净妥帖的老人，一个好强了一辈子不想让人照顾的老人，到了最后的时刻，却不能遂心地维持尊严。我终于懂得，命运最大的无奈和愤恨，是连挪动一下身体都无法自己办到的时刻。

第二夜，她走了。她早早就为自己做好了最后要穿的那身衣服，灰蓝的，非常素净。她生前说不喜欢外面卖的那些花哨的不体面的衣服，所以一定要穿着她中意的衣服离开。

医院的停尸房挨着山，前面就是河，一路白色的栅栏和白色的灯泡，让人觉得这一切的生死都是干干净净的。

我们都在外面等待，只有他和入殓师在里面为她整理最后的体面。我望着他，看他戴着手套，面色平静，无忧也无怖，好像面临的是一场特别平常的离别，亲手为她穿上衣服穿上鞋。

深夜三点，其他人都去张罗第二天的仪式了。他太累了，就在她旁边的长椅上睡着了。医院的人说，在这里这么多年，还是第一次见到这样的孙辈，再没有第二个。

第三天天明了，一整天的法事。

他忙进忙出，看我背着个大包，问怎么不放着。我说没地方放啊。他说怎么会，我有最好的地方，交给奶奶管着，谁也不敢拿。于是，转身放进了棺材里，转头望着我笑。法师敲着锣唱着经，所有人都相信她一定会由此得到安宁，就像门上贴着的那句"潇洒赴黄泉"。

我就在她后面的小屋睡着了，任外面锣鼓喧天，只知道他进来亲我的脸颊，问我要不要吃午饭。起来时，已经是黄昏。几夜没怎么睡，他看起来又黑又憔悴，但却神色安宁。

第四天清早，没有下雨，她被抬上山安葬。最后那一刻，鞭炮放完，就落起雨来。

我想起五年前小叔走的时候，也是在夏天。走之前他说想吃西瓜，而那一夜，他就怀抱遗憾走了，那遗憾里有未成年的儿子和贫穷的人生。那一年，他还不到四十五岁。

至少她是没有遗憾的吧。被她最爱的人那样温柔对待过，虽然她再也感知不到。我亦在心中默默叩谢，她养育出这样一个温柔的男子，给予我这样的福气。在那之后，我觉得比此前更依恋他，是依恋不是依赖。

我希望像她所说那样，做彼此信赖尊重的夫妻。

没有烟火，人心不暖

1

生活的种种往往都不过是一念之间的不同。那一念背后，是千差万别的各类心思，是云泥之别的面容气质。

常常在那一念之间，反复问自己：假若是另一个人，该当如何抉择？如此这般想时，并不是在什么紧要关头，而是在菜市场、超市抑或其他的卖场。

我会想，那一排排货架上的不同货物，会被怎样的女子握在手中？最后拎回到怎样不同的家？在那闪烁着的种种不同念头背后，是相同又不同的生活状态，是各种各样的家庭模式。

每每在菜场遇到从头到脚优雅得无可挑剔的主妇，都感到心旷神怡。马家辉的书里写到，他曾经在香港的菜市场偶遇婚后隐退的林青霞，白衣一件，在那样繁杂吵闹的地方，熠熠生辉，美得不可方物。书中附带照片一张。我凝视着微微低头嘴角含笑的青霞，内心获得一种油然而生的愉悦。

由此想起当年媒体采访伏明霞，拍摄她在香港菜市场泰然自若地和摊贩们话来话往。那时的她，已然圆润淡定，完全不复跳水公主的骄傲神情以及那年轻紧致的身体线条。可我喜欢镜头里那样的她，满足安宁。

一个人，当他主宰的不只是与钱欲相关的场合时，才可算找到内心的平衡良策。

2

饮食男女对食物的态度，折射出对烟火人生的大半态度。

博大精深的食物哲学，从来都令我敬仰和膜拜。从父母血液里，我继承了一种从食物中汲取幸福和力量的态度。

春天要吃细米煮鸡蛋，夏天要吃番茄汤、绿豆沙、莲子汤，秋天要炖银耳，冬天炖上一锅鱼头。

在那些夜晚，乖乖待在妈妈身边，看她剁满盆的红辣椒做豆豉，看她晒红萝卜再放进腌坛，粽叶飘香的季节看白线串成的一串串粽子，过年时的蛋饺、珍珠丸子、鱼糕。

当年是不知不觉，只觉生活被他们摆布，被季节摆布。如今想起，都是乐趣与妥帖。这些琐碎，我当初视为捆绑和束缚妇女生产力的鸡毛蒜皮，努力丢弃、不屑学习，只是学着证明自己有足够能力，应该在社会和家庭与男子享有同样的权利。

某一天，突然想起那些片段，怀念起那样一种感觉，同时意识到，这是多么重要的一种传承，那意义不亚于文化历史的传承。

从极左到极右，不过是另一个误区。

身为女子，我们不该忘记那些千古传承下来的生活智慧。假若我们的孩子不懂二十四节气的意义，假若我们的后辈已然完全不懂什么叫季节养生，假若中国引以为傲的饮食文化只掌握在大厨手中而在家庭饭桌上缺失……那将是另一种痛楚。

从三年前那样一个十指不沾阳春水的我，到现在看到温暖厨房十指蠢蠢欲动的我，感激遇到一个教导我日子应该是这样一天天过的男子。到如今，转头对身边的女子唠叨：要记得常常耐心煲一锅汤，要记得为自己爱的人下一次厨房，这才是生活。一个未来做太后的女子，如果连这些都无法统治，如何身心坚强地应对那些长相守需要面临的厮杀挑战？

每一种食材都有它特别的香味，特别的颜色，特别的姿态。穿行在红红绿绿的它们之中，感觉踏实、和顺并且快乐。享受挑选它们的心情，以及享受盘算着如何让它们死得其所那样一种思索过程。

没有烟火，不成家。没有烟火，人心不暖。

我会用梅子酒煮猪蹄，三分钟端出一碗鸡蛋羹，两个小时熬好一锅红枣银耳，还要选很好的香菇来炖鸡，还有炒菜必不可少的姜蒜辣椒、大葱小葱。在厨房里排兵布阵，刀碗瓢盆，厨房外有一个等待的人，有一个开心吃完自觉洗碗的人，快意人生。以此抵御时光流逝，留住快乐时光。

有人说，女人无法抗拒懂得烹饪的男人，看着他清洗调味，就想象他在情欲爱抚时，会是多么耐心而灵巧。

那么，我们也可以说：饭在桌上，我在床上。好好生活最大的能量，不在生活之外的天边，而在生活本身点滴给予你的能量。

够不够爱，都没关系

318国道上成都至拉萨一段，杜鹃花资源尤为丰富，贡嘎山杜鹃、康定杜鹃、波密杜鹃，多么熟悉的名字啊。它们名字的前半部分正是318国道川藏线上的一些地名。

公路从谷底的森林中通过，你也会看到林中的杜鹃花一团团、一簇簇，像幽暗的森林中燃起了火把，鲜明耀眼。尤其是在河边，杜鹃沿着河岸开得如火如荼，花影在河中摇曳，流光溢彩。

林中的杜鹃，已经不是灌丛，而是高大如乔木，如果你走进林中，不需抬头看花，仅是地上缤纷的落英已营造出迷人的意境。

随着海拔的升高，尤其是在川藏线海拔4000米左右的山坡上，我们会发现森林戛然而止，在林线之上的往往就是暗绿色的杜鹃灌丛。

我在雨花餐厅等朋友，喝柠檬水，找服务生借一支笔，抄下上面的文字。这段文字来自国家地理。这一期，说的是318国道，一条美丽又奇妙的路途。

我喜欢这一期，非常美妙。

318国道穿过我的家乡。那是江汉平原腹地的一个小城，春有雨，夏有荷，秋有金，冬有雪。小城过去再过去的城市，是妈妈的家乡。爸爸的家乡是隔江的邻镇。

我的母亲是在山边长大的女子，她是长女。三岁多的时候，我跟着她回家乡。一道道的山梁，夕阳西下，妈妈背着我。过一会儿，她太累了，跟我说：乖，自己走走，马上就到了。那个时候，外婆的家好远好远，外婆家的山好高好高。

我的父亲是在江边长大的男子，他是二儿子。江边有长长的堤。我跟着哥哥弟弟们，拿着水桶和小竹竿去钓虾。坐在水塘边，看着他们扑腾跳下河抓鱼，我就在岸边守着、艳羡着。

我是他们的女儿。骨子里是妈妈的山，面容是爸爸的江。

他们很普通，都是好人，善良无害的人。山的固执和水的散漫，碰在一起都是生活的碎渣。他们会问：爸爸的家乡和妈妈的家乡，你更喜欢哪个呢？奶奶和外婆，谁对你更好呢？他们不知道，这两个问题在我心中，从来都不曾考虑过，就像你更爱爸爸还是更爱妈妈一样。

我看过他们争吵，看过他们打闹。我从来不曾担心他们会离婚会分开，我只是觉得他们不够相爱而已。

现在，我知道了，够不够爱，都没关系的。那只是生活的一种样子。烟火俗世里的爱，有很多种样子。有属于厨房的爱，有属于卧室的爱，也有属于阳台的爱，正如地球有很多样子。

只要你愿意，你就可以独自去看杜鹃，看那些原生的如火如荼的嚣张漫野的花；你也可以守着一个家，天天洗手做羹汤，养一阳台的温室花朵。

所以，我一直都是那么清楚，放下与臣服都只是一个念头而已，只是时机未到。时机到了，该漫野的就漫野，该臣服的就臣服。现在时机未到，我们还来得及嚣张，来得及沉溺，来得及懒惰。

那一年，她为我开过一扇门

1

那个时候，我们还只是神交。从西安到深圳，路途遥遥。她拎了一个箱子，少少的夏装，就来了。

在梅林的山水酒店，夜深人静，卸了妆，真是个年轻简单的女子。我们素面躺在床上，聊那些伤痕故事。她皱着眉头不屑地说：你怎么那么傻？我听了就笑着反问：你又比我好到哪里去？这样傻傻地互相嘲笑一番，依旧不忘憧憬一下未来，再慢慢睡去。

那个时候总还是年轻的。我们一起找了房子，大大的卧室有个小小的阳台。十月，清晨的风吹着白纱窗帘，特别美好。我至今仍然记得。

不管多晚睡，她都会早上六点起来洗澡，然后仔细化妆。其实，我更喜欢卸妆后的她，瞬间仿佛就是另一个人。她却说，这个城市不会让另外的人见到那个她。她需要那些深深的防备和很多的刺，让她觉得安全并且疏离。而妆容和高跟鞋，给予她勇气，让她变成另外一个人，笑对酒杯和陌生人。

我承认，我们之间，天壤之别。

我不穿裙子，不穿高跟鞋，不化妆，当然更讨厌觥筹交错的饭局。她总是无奈地看着我匆匆洗把脸，就忙着往外冲。我甚至穿套装配球鞋出门，然后把高跟鞋放在办公桌底下。因为，我穿上高跟鞋之后，行动范围只限于方圆一千米，摇摇晃晃，一点也不妖娆袅娜。

晚上，我安静地在家看电视看书。等她回来，满身酒气，傻傻地讲笑话，对着我说：我好饿，我想吃冰激凌，我要吃鸭脖子。我起身去煮面，偶尔蒸个鸡蛋羹，然后一起躺下。她说，那个时候整晚整晚失眠，听见我的均匀呼吸，简直痛不欲生。

之前说好了，我要照顾她的。到最后，却是她洗衣服，她做家事，连带衬衣长裤，也总是为我熨得平平整整的放在衣柜里。她说，皱巴巴的怎能穿出门？

2

当年的我，那个没心没肺、每晚安睡的小孩，哪里会懂她究竟为何需要勇气，也不懂她的时而痴狂，时而阴郁。即使到现在，我也从来不敢说全然懂得。

但她素颜望着我安静说话的样子，不哭也不闹，好像那些事都不是她经历的。那种神情，那么打动我，尽管那是我有史以来最穷的日子。

后来，不管她如何在城市之间来回辗转，却总是唯恐我受到伤害，怕我不能好好照顾自己。我在她心里，似乎一直就是那个穿着拖鞋素面朝天就敢出门见人的小女孩儿。

只是因着她，我开始穿高跟鞋了，开始穿裙子了。忽然间，发现另一面的自己。她为我打开了另一扇门。尽管门里面的那个世界，未必都是快乐，却是必须经历的。

对女子而言，早熟或者晚熟，都不是好命运。早熟太伤痛，晚熟太辛苦，不熟最好，一直那样不懂。这世界，有一些女子是好福气的，总有人去早早地替她们承担，总有人去替她们思量决定。所谓傻人傻福。可惜，我没有那样的福气。所以谢谢她替我开的那扇门，早来总比晚到的好。

多年后，看到自己卸妆后的容颜，总是觉得似曾相识。我们走的是不一样的路，但因是一样的女子，所以懂得，所以愿意给彼此更多一点的慈悲。这世间，未必一如我们想的那么悲伤残酷，可是因为靠得那么近，眼里看到对方的伤痕会比旁人看到的更深更重。其他人隔得远，怎可看得清？

人和人之间的关系，说起来就那么一些名词概念。坐定下来的相处模式，却各有各的不同。有一些人，你未必懂得，却还是心存惦念，好像上辈子欠过她什么。而有一些人，你自知他们对你的影响至深，虽然他们从来不自知。

那么，心里清楚，就这样也不是不好的。

写给闺蜜：快乐是一种能力

有一天，我想把这些和闺蜜的对话，留给我的女儿。

亲爱的十二：

今天又开部门会议，每次一开这种会议我就很烦。把人生与业绩挂钩，业绩与钱挂钩，人就与钱挂钩。虽然我很想做到像你在邮件里说的那样“写字楼不是我们人生的精彩所在。看懂这点，很多事就无所谓累不累”，但是人不可避免是有欲望的，而此刻我的欲望就是最大限度地提升自己。

你知道我妈跟我说什么吗？“你到了二十四岁，要是还没房子没什么，你就给我收起你那些所谓的恋爱，回来按我说的嫁人。”

她非常了解物质对于人的控制力，也洞悉婚姻不过是吃饭穿衣。我该绝对抵抗吗？你我都不会相信我是个为爱情奋不顾身的人。我们俩都很了解自己，知道自己的贪婪，也知道自己的纯真。天使与魔鬼在内心，后来都服从魔鬼而已。

生活就这样一天天过下去，谁都不了解真相，却都懂得用物质捍卫自己的青春，才觉得不至于亏得那么厉害。最后会怎样，谁知道呢？

心里却总是堵得慌。

亲爱的闺蜜:

天使与魔鬼同在。更多时候，我相信我们的天使还是占上风。我们的父亲母亲都是强势的人，很多渴望，好像是与生俱来的一种挑剔，不仅仅是因为物质欲望。

不管如何，那份对心的宠爱是不会改变的，即使是恶魔，那也是为了更美丽。

而婚姻，那真的更像赌博与机遇。

但你的人生，不是由你妈妈来决定的。不过既然她说那番话，说明她对“他”并不十分放心。她也更明白，再美丽的女子，工作也是底气。

希望你快乐。快乐是一种能力，继续保有它，这点比淡定要重要得多。

写给闺蜜：

Is it you? Yes

1

妇人遇到英俊的剧作家，对他说：Come back to me. 他辗转反侧，终于回到七十年前。见到天仙般的人儿对他说：Is it you？答：Yes.

关于爱情，关于缘分，这一问一答是最好的解释，也是我最喜欢的台词之一。某段时间，某人总是热爱凑这段戏，以取悦我。

凑戏是一种美好的生活态度，尤其对于只爱好爱情剧和动画片的女子来说。最浪漫的事，莫过于一起窝在沙发上，看到男女主人公拥抱，彼此情不自禁地深深拥吻。最适合亲吻的时刻，最适合亲吻的音乐，最适合亲吻的人，还有什么比这更完美？老夫老妻对着电视，彼此问候一句："Is it you？"那一瞬即找到人生仿若初见的感觉。

我和我的同事小九，平时隔着三米远的办公桌，偶尔在电梯口遇到，都要故作小鹿乱撞似的说一句：好久不见，然后深深拥抱。我们热爱这样的凑戏。快乐无法假装，却可以自找。因那么欣赏彼此，所以可以厚着脸皮找各种拥抱的理由，慰藉各自的生活。

每天二十四小时在一起的闺蜜，某天她特地绕半个办公室跑过来喊：十二，抱一下。在她熊抱的间隙，我惊诧地问：今儿是什么日子？小花骨朵般身子的她弱弱地哼一句：感恩节。

这三个字就如同打雷一般击中心里最柔软的地方。

2

就像我和闺蜜，一群人站在KTV前等着人告诉房号，她的小黑丝袜腿却悄悄缠过来，媚媚地说：亲爱的，等会去哪儿啊？惹得旁边人爆笑，我还要假装身形伟岸般地讲：跟着爷走，有肉吃。

多么感激身边有这群爱凑戏的女人。然后，时常想，妈妈那辈儿的女子，有那么那么多闪光的品德，却从不肯当众放肆地开一场玩笑，也从不会跟她的男人撒娇索要一样心仪的物品。忽而就心疼起来。

我是她的女儿，曾经也是多么铿锵的女子。年少时候，男孩爱慕我，忐忑地递布娃娃给我，我却看也不看地丢到地上，冷冷地说：我们之间不可能。假若时光倒流，我绝不会如此亵渎一个男孩的自尊。

十年过去，铿锵的女子不再。实在是，生活中需要铿锵的地方着实不多。留一点铿锵即可，从头到脚的铿锵，只会越铿锵越苦。

小九说，即使今天面前是一个五块钱的盒饭，也要抱着拆礼物的心情掀开盒盖，发现好多肉就要开心地笑。

难怪我那么欣赏她。她是我的金句女王。

写给闺蜜：我们只谈情，不做爱

1

隔着八丈远也能闻出对方的气息是否可以愉悦你，这是动物本性，男女或者女女都一样。我爱赫本的蒂凡尼，但也不妨碍我爱茱莉的祖母绿；我爱赫本的公主皇冠，也不妨碍我爱茱莉的妖娆黑裙。一边是天使，一边是潘多拉；一边是道与德，一边是人与性。

幼时就爱看美丽的女子，对她们总会多一些宽容，常常喜好亲吻白皙女孩儿的面颊——所幸那时既无蕾丝，也无同性恋一说，否则我小小年纪断然会被视为歪门邪道，搞不好架上火堆。现在是不会放肆吻同性了，但却热爱与她们调情凑戏。

某女说，每日上班要与女友调情五分钟，方能清醒干活。我大笑，想起某女情人节那几日夜班遭短信骚扰，连冒排比句抱怨，我连忙安抚，她才肯乖乖睡去。而今日更愤恨地说我征服了她的胃，要抛家弃子，搬来与我同住。可过两秒钟，又悲哀地说：可惜床上之事，无法与你解决。我不禁莞尔，此事还不好解决，同去猎艳即可。她就连忙欢快起来。

说归说，调情完毕之后，该煮饭的煮饭，该洗澡的洗澡，该伏案的伏案。哭泣的时候，谁也无法为谁送上那个肩膀。但心底里知道，彼此是病时的那碗汤、那碗粥，可以相濡以沫，共守秘密。

当日病时，彷徨不知，冷夜里烧两大壶热水方敢去睡，还好有她们日日电话短信来安抚。小九下楼跑到医院后巷端一碗鸡肉粥，在病床边递给我，还烫着。没有眼泪，却知道自己始终会记得。他日，虽无法赴汤蹈火，却也在所不辞。

你们的礼物与安抚，一一在心里谢过。

2

曾有某男问我和闺蜜，倘若你们同时喜欢一个男子，当如何解决？我和她异口同声地说：我们会摊开直接谈，没有非争不可的男人。这是射手女子的处事方式。一堆乱绳，要么一刀切断，分分明明；要么找到突破口，一一击破。藏着掖着，暗度陈仓，不是我们热爱的方法。

听到这个答案，某男不信。等他转头，我和闺蜜会意地笑，倘若真有此事，我们必定在遇到某男的第一天就开始探讨，哪里等得到摊牌之日？

谁是夜宴的主角并不重要，重要的是我们站一起才是真正的艳冠群芳。

这世间有人是方，有人是外圆内方；有人是圆，有人是外方内圆。对于我们来说，确认过眼神，只认那些人。气息不对的，只能在方之外，进不到圆之内。

你们，是可以进到圆心周围的人，是可以调情，可以打滚，不怕露怯的人。这种快乐，不亚于把酒寻欢。别人是酒逢知己千杯少，我们是清茶闲谈深夜还嫌早。

只不过我们只谈情，不亲吻，不做爱。

但是总归不会像对男人般，还要划分为可谈情的、可做爱的、可嫁的。

写给闺蜜：像个痞子那样爱你

在你哭泣的时候，忍住不去安慰你，不然你会更加泪如泉涌，会将心哭成一个空洞，好似站在荒野里，听到它在呼呼地漏风，那些安慰只会把那漏洞撑得更大。也不要给你讲大道理，你不会听。心里想着，在那些时刻还要逼你去想道理、装懂事的人，一定不够爱你，还是滚远点，留你一个人吧。

宁愿是一个痞子，对你讲粗话，讲小色情的话，不能把你当公主，一当公主你就开始犯贱。一定要把你当成是住在城乡接合部佯装脆弱时尚的小姑娘。只有我知道，你是真的可爱真的很时尚，昨天才刚刚老老实实做了面膜，所以即便哭，那也是梨花带雨、白里透红。

任何一个看着乖巧其实闷骚的小姑娘，都曾在某个年华，喜欢过痞子一样的男生——逗你笑，擅长跑题，从不许诺山盟海誓，但是一定会为你打架，帮你出气。

现在，那些小树一般的男子已然开始兢兢业业、假模假式地奋斗去了。

从现在开始，我会在你身边，像个痞子那样爱你，接纳你，包容你，做狗头军师，讲狗血笑话，刻薄地对待除我们之外的一切牛鬼蛇神，让你捧腹大笑。当然，必要时也会很暴力，在你絮絮叨叨的时候，一拳挥过去，让你清醒点，流点鼻血，促进新陈代谢。

还有那些成年人不屑送的小礼物，很便宜，但是很适合拿来讨好你，因为我是个特别拉风的痞子，虽然是月光族，但是不用装大款就能让你有安全感。

在你面对男人流口水，头脑发晕的时候，毫不客气地贴个“贱”字在你脑门上，看你还敢不敢没心没肺，见色忘我。

在你一把鼻涕一把泪的时候，陪你秋风扫落叶般痛骂这个万恶的社会，贬斥说处处都要竞争上岗的制度，然后让你在看到我激动地要带着你跳楼时，幡然悔悟，紧紧抱住我的大腿，说生命还是美好的，我们要好好活下去。然后，我再假装和你一起悔悟，互相勉励，回过头各自洗洗睡了。第二天，继续颠倒红尘，能吃能睡。

在你羡慕妒忌以及变态地发狠说要减肥的时候，死命夸你那些只有萤火虫一般光亮的优点，让它们变得比繁星还明亮。在你羡慕才女的时候，夸你的美貌。在你妒忌美女的时候，夸你的文采。在你嫉恨别人薪水的时候，夸你的贤惠。极尽跑题之能事，十分钟之后，已经开始商议今晚去哪里腐败，再不提什么劳什子保持身材。

除此之外，绝对不在你血拼的时候，扫你的兴。像个痞子一般豪情万丈地搂着你说：喜欢就买吧，我吃饭你就不会喝粥。在你试穿高跟鞋的时候，鼓掌叫好，比售货员还忘情地催你买单。

记得你所有的生日纪念日节假日，当然还有你的生理期。

在那些不是生日纪念日节假日的日子里，每天说情话给你听，偷偷给你惊喜，让你捧着花，招摇过市。警告你身边的男人，如此瑰宝，倘若不小心呵护，立马就给你撬走，带她私奔到天涯海角。

然后私下拿着大棍，叫你不可要太多小性子，要妖娆要撒娇要爱美要穿性感睡衣，要将心比心，要自力更生，要自己找乐，要好好奋斗，要有私人小金库，要多藏点金银细软。

如此这般，才是合格的、可以海枯石烂的闺蜜。

我知道，因为这样，所以才能那样相爱。

写给闺蜜：
女人懂得那肌肤里的暗语

每次说到头发，我总是会想起一个发型师。那家店在哪儿，我已经不记得了，朋友带我去的。

那天，他拿起剪刀问我：想要什么样子的发型？我说：你看着办吧。他就开剪了。到了最后，他说想给我后面剪个半弧线。我有些忐忑，问是什么样子。他有些霸道地说：剪完就知道了，一定好看。我信他，因为他是个寡言并且用心的师傅，我喜欢认真的人。此一生，我都不会选聒噪的人给我剪头发。后来，的确很好看。

他说，很多女孩儿很漂亮，却不自知，真可惜。我记住了这一句话，并且时常想起。因为，我也常常会觉得可惜。

我喜欢观察别人的脸，熟人的或者陌生人的，尤其是女人的脸。每次看的时候，我都会想：她知道她的某个地方某个表情特别漂亮吗？

比如小丸子。她笑并且得意的时候非常可爱，眼神很清澈，天真满足的样子，让人愉悦。她吃汉堡的时候，就好像什么不开心都没了，看着上校鸡块就像看着情人一样温柔。她趴在沙发上睡着的时候，安然恬静，缩成一团，婴儿般的姿势。

比如另一个女友，她想问题的时候，眼睛总会滴溜溜转，像个孩子。她想跟你聊天的时候，会用手指轻轻戳戳你，提醒你一定要回答她说的话。冬天的时候，她冰冷的手摸过来握住我热热的手就很开心，占了小便宜的样子，很温暖知足。

我不知道，将来她们有爱人的时候，他们是否一如我这般知道她们看到什么听到什么就高兴？其实，如果他们能够在她们脸上多停留一会儿就懂得了，可这或许就是男人与女人的区别。这也是为什么，男人眼中的美女，女人并不一定认同的原因。

女人懂得，肌肤、表情、都藏着暗语。

女人的二十，三十，四十

生活是什么？你犹豫着餐桌是该铺上漂亮但难收拾的棉布，还是用一次性塑料桌布，这是生活。

爱情是什么？你明知道它不能吃不能喝不能供给氧气，但还是要把它摆在水和氧气的前面，并且固执地将其他的都赶开，让它一手遮天，这就是爱情。

细细说：你是我心里和骨头里的不动产。念着这句话竟然会那么心疼。

只此一句，我知道铁凝是爱过的，而且是痛过的。我甚至常常觉得，尹小跳的身上总是晃动着她的影子。尹小跳，一个很有自知之明又有底线的女子。年轻的小跳们，都是有能量的女人，可以飞越千山万水去追逐一个梦，可以为了一个念头、一个解释就踏上旅程。只是等到老了，她们就累了，不再矜持，也不再坚持。庆幸的是，老了，还有可以想念的人、想念的事。

所以，我固执地相信，这世界和人生隐隐都保持着能量守恒。

我有多忍耐，我爆发时就会有多愚蠢。你有多仁慈，在放下时就有多无情。她有多牺牲，在觉醒时就有多放纵。他有多深情，爱你的时候就会越来越少。

这个道理很简单，就像生活的诸多选择一样简单。

二十岁的女人会买白球鞋，会买桌布，会买杯垫，会为了一个小扣子买一件衣服，会买很多漂亮但不实用的东西，这是她们宠溺自己的方式。

三十岁的女人会开始买华丽的、昂贵的、闪耀的东西，那些亮灿灿，那些大花朵，那些小华丽，让人安慰，这是她们讨好自己的方式。

四十岁的女人会开始爱上恒久的东西，比如钻石以及具备抗衰老品质的物品，这些让她们动心，感觉安全，这是她们补偿自己的方式。

以上的年龄指的是心理年龄，而非完全的生理年龄。

你若二十，总容易爱上不该爱的人。到了三十，开始动摇，开始妥协。到了四十，开始无休止地怀念和臆想。

年龄是无法逾越的坎儿，但总有人能够超越，比如杜拉斯，比如林徽因。她们是两个极端：一个出生于动荡之国，出生即拥有对勇气与对二十岁的永恒追求；一个出生于安定世家，早早就看懂生活与爱的简单，永恒地固定在三十岁。

而我们凡俗女子，只能轮回，从二十走到三十再到四十，无一幸免，无一逃脱。有些能量流失殆尽，补偿回来的却不是让人真正快乐的东西。

我已经不再二十，所以我不再穿白球鞋，不再敢穿布鞋背帆布包，不再每日在房间放一束鲜花，不再为了美丽的裙边去买一条裙子，不再敢穿桃红色，也不再接近不该接近的人、抱怨不该抱怨的宿命，同时努力忘记应该忘记的苦痛。

那时候，你爱谈天我爱笑

1

多少以人生导师自居的人，总爱叮嘱别人：不要走着走着忘了初衷。其实恰恰相反，不是我们忘记了初衷，而是初衷渐渐变得没有想象的那么重要。

有二十出头的女孩儿问我：十二，你说女人一定要结婚吗？当然不是。

婚姻并不是人人都适合，它只是一种生活方式，一种人生体制。可就是因为它是一种强大的体制，要拒绝它，需要有强大的勇气和力量。她说：我想我没有那个勇气。

可我想，对于女人来说，不是有没有勇气拒绝世俗的问题，而是有没有勇气坚信自己的选择。坚持等待，坚持嫁给自己认为对的人，坚持自己，这都是一种坚持，这都需要勇气。我觉得许多姑娘的人生并不悲惨，感情也并不惨痛，婚姻也并非无望，是这社会、是父母、是周遭逼得她们觉得一切都不如意。

其实如果能永远恋爱，其实如果能不断遇到让你快乐的男子，那样未尝不是一种不错的人生。幸福从来不是只有一个形状，我们也不需要对号入座。因为你的命运和运气，未必与你的初衷结伴而行。

杨千嬅嫁了。婚礼上，“大笑姑婆”数度落泪。她说，在遇到他之前，以为这一生是不会结婚了。在她说那一句的时候，我不知道梅姑是否在天上看着她。

林青霞嫁了，李心洁嫁了，刘若英嫁了……虽然她们身边的男人，我们并不十分认可。谁都希望看到金童玉女有完美结局，如电影里一般。

爱是一种逃不开的宿命。就算说我累了，我不敢，我再也不想去爱谁了，却还是难免会落泪、会想念、会心痛。

2

每个人的青春里，都有一些从小就觉得自己长得倾城倾国的女孩儿。她们目空一切，很早就知道如何获得异性关注的目光。她们懂得撒娇、耍性子、使坏，让你不知所措。

但总还是有永远与你同进退的女伴，甚至上厕所也要一起去。你们分享所有的秘密，分担所有的悲伤与担心，让彼此觉得不孤单。尽管你们根本不会想到，有一天你们会在各自不同的城市，扮演各自不同的角色，从此，音信全无。

还有一个傻乎乎的男孩，在每堂课下课的十分钟里，下楼给你买可乐、巧克力、水晶之恋，然后塞到你的课桌里。还有那些从窗户边经过的隔壁班男孩，不知道偷偷在望谁。

故事的开头都是同样美好，只是几年后，世界并不像电影里那样完美。她没有成为新锐设计师，他也不是摄影新秀。可是，也只有在电影里才有那样完美的故事。我们热爱美好的大团圆，不管是否突兀、毫无逻辑，我们就是为在那最后一刹那，跟着主角一起心动一起满足。

谁都有过美好的初衷，那时候，你爱谈天，我爱笑，我们拥抱着说要创造一个属于彼此的美好新世界，以为那就是幸福。然而，冰与火的城市，太容易让人感觉到恐慌。于是许多人都选择了并不符合初衷的婚姻，来让自己别那么害怕。

3

一个朋友对我说，每次妈妈伤心的时候，她就拿出一张照片给她看，问她：这个人很帅吧？他是我曾经的男朋友，他非常非常爱我，可是，我没有嫁给他。

因为懒散，因为不想努力，因为受不了相濡以沫的艰苦，所以为了衣食无忧，选择了明知不幸福的一个选择。于是，他成了她后半生的安慰，在伤心委屈失意的时候，看着他的照片流泪。

这个城市有许多这样的故事。婚姻与爱情都是你自己的镜子，可以照出你自己的懦弱与需求。屈服于人性的弱点，不是丢人的事，只是从此没法再回头了而已。

初衷是什么？一对年轻的男女相爱，后来他考上了大学，她却落榜了。开学在即，她在他面前痛哭，于是他没有走，于是他们变成了小城里最平庸的一对夫妻。

初衷是什么？年轻的男女来到陌生的城市，原本他们都以为会相爱一辈子，不料柴米油盐原来具有如此巨大的能量，能让人开始怀疑，开始不自信，开始动摇。于是，他们后来各自选择了另外的伴侣。

我要幸福——这句话听起来温暖美好，内里其实是无休止的较劲与坚持，要与懦弱较劲，与脆弱厮杀，与孤独拼抢。世间安有双全之法？

李宗盛唱：我终于失去了你，在拥挤的人群里。

各有各的选择，各有各的幸福，各有各的不幸福，冷暖自知。不是我们忘记了初衷，而是初衷渐渐变得没有想象的那么重要。只有记忆中，你爱谈天，我爱笑。

然后，我们继续努力做人。

我怕走得太快，丢了你们

1

就这样，突然有一天，开始在夜里不舍得睡去。怕那样睡去，没有时间端详自己，逐渐变得混沌起来。于是，越发爱上了这夜，一遍遍听梁静茹的《夜夜夜夜》，让发生的事一幕幕在眼前回放，不肯滚上床。

那天见过之后，闺蜜在从深圳回广州的车上，发了一条短信给我：如今你身处的环境不同了，希望你还会是那温润如玉的你。

凝视着“温润如玉”那四个字，心有一点痛。温润或许真的开始要远走了，由不得我。一个年轻的单身女子，迟早会被生活逼出一点悍妇气质来。叫自己一声“公主”，那只是抚慰，心底自知。

那晚，经历了不食人间烟火的几天之后，从雪山上下来，一群队友都疯了，灯红酒绿，敞开胸怀喝。好几个队友端着酒杯对我说：真对你刮目相看。这句话，在山上已经听到过数次。还有队友说：你隐藏了太多。我只是笑笑，因为不了解的是他们，我从来都不是哭鼻子央求谁的人，唯一那样做过一次，也不是因为害怕而是愧疚。

回头望望，千山万水真的就这么走过来了。向前看看，还有千山万水在等着你。这世界多么辽阔，你想看到更多，就不得不舍弃，舍弃某些人和事，舍弃曾经的自己。有舍未必有得，可是不舍就不会有得到。

有些人就是这样爱逼迫自己不断上路，不幸的是，我是这其中的一员。但庆幸的是，从那样千军万马过独木桥的时代走过来，我成功地替自己留存了那么多的天性，因着这些天性，有痛有乐，至少活得真实，也不是不感激的。

慢慢地知道，这世上慢慢行来，你会遇到很多很多的人，多到有一天你真的不再全部记得，甚至只记得一小部分人，只怀念数个人，只刻骨记得两三个人，只铭心记得一个人。

记忆和你的身体细胞一样由不得你自己，而且更为武断和令人无可奈何。 这种感觉，孩子是不会懂的。孩子都会口口声声地喊：我不会忘记。结果到最后，他们连曾经说过这句话都不再记得。然后有一天夜里，脑细胞飞快运作，想起来的人屈指可数，而其他太多太多人都面目模糊。

真心却敌不过时间，也难怪会有人愿意做那些伤筋动骨的丢人的事，只为了让某些人记住。好也罢，坏也罢，能被记住就好。

2

我记得，我在一个小城的广场静静流泪，为着一段自以为会天长地久的感情。身边那个男孩紧张地想着去哪里弄一束百合来安抚我。那个时候真容易快乐。

朋友说：不是你不对，只是没有遇到对的人。他还说：十二，不要放弃对爱情的信仰。我点着头，以为自己可以永远那样忠诚地对待自己。

我记得，在西安的城墙上，秋天的阳光很温柔，人很少，和女友骑车飞奔，望着墙下的街道，二十岁的心事很澄明，哪里知道后来会蜕变成蛾而不是蝴蝶。

我记得，一个秋高气爽的午后，有个女子说：这真是适合约会的日子，青春就该用来挥霍。那真的是适合恋爱的季节，却没有人在那时跳出来守护我。于是，我只好学会守护自己。

我记得某个关于风筝的故事。哭过，痛过，风筝飘太远，你再也追不到我了。

现在我想我会记得雪山上阳光下那如钻石般闪亮的雪地，记得那些牵手拥抱，记得那些雪地上的字，记得那戈壁的落日，那落日下泛黄的古旧落寞的城堡，那胡杨林夹杂着的一条通向天际的路。

可是记得的太多，忘记的也太多，有个日日安睡的孩子就这样不见了，尽管她还是蜷着身子，拥抱着自己入睡。现在的她，不再害怕那一个又一个夜晚。唯一怕的是，我走得太快，丢了你们，因为丢了你们也就是丢弃了与你们相关的自己。

还好，还好，还有这里可以按图索骥。

其实，最懂含笑不诉离殇的人，是最怕离别最怕痛的人。

因为那痛会在心里，久久散不去。

能用眼泪解决的事，从来不深重。

我们都换来了更好的自己

1

记得某一天早起上班，那是某年的一个春天，那个时候我每天早上从南山到梅林要一个小时并且倒两趟公交到公司。就在那天早上，我发现深圳春天里的三角梅和木棉花开得真棒，忽然这个城市开始给予我一些亲近感。

又后来某天晚上，坐在晚班车上，看到浩如烟海的灯光，每一栋楼里那密密麻麻的灯光，像很多人一样想：什么时候会有一室灯光属于自己？

现在依稀想起这些，看到街道上那些满脸迷茫穿着黑丝袜高跟鞋的姑娘，告诫自己应该满足于如今的生活，至少我那些不大不小的目标都实现了，至少在我还没有放弃和抱怨的时候它们就实现了，虽然我舍弃了很多，丢掉了很多，比如曾经觉得又酸又煽情的那些文字。

嘲笑自己变成一支秃笔，唯一庆幸的是保留了温暖。我的文字帮我抚平了人生的伤痕，同时人生里的温暖替我延续了文字里的希冀气息。

我也写过花，写过王子公主的美好，并且在文字里坚信过爱情应该也必须是与真善美相关联的。那个时候他们都叫我小十二——是那个见到陌生人张着眼睛不说话的姑娘；现在他们叫我十二姐——遇到什么事都可以对着倾诉商量的女人。

然而我还是我，不会忘记自己是怎么一步一步走过来的。

2

也就在四年前，我还和女朋友躺在一张床上，那个时候我们畅想着多写字、多赚钱，一起去旅行，去看很多风景。结果生活给了我们惨痛的迎头一击。

也就在三年前，我还以为我会和一个满腹经纶的男人共度一生。我以为是在最合适的年纪遇见了最合适的人，像沈从文写的那样。结果，命运给了我最残酷的结局。

现在看似一切都圆满了。

然而，我无法不怀念曾经的自己。

不要以为现在的你稚嫩又傻气，不要以为现在的你无知又无能，不要以为现在的你对命运毫无办法，更不要以为现在是你最没有底气最不谙世事的年纪，就像只鸵鸟般抵抗人生。

那种种都有它各自的美好。

女朋友总说我对她们说话从不客气，喜欢直接当头一棒。那是因为我和其他人不一样，我见过最消沉最低落时候的她，一如她也见过最差劲最傻时候的我。所以我们用不着客气，也用不着抚慰。现在的我们或许不如当初想象的那么好，但是都比过去要更好。

不管怎样，我们都换来了更好的自己，而这都要感谢当初那个可爱的自己。

假如一个人曾经觉得自己足够聪明足够厉害，那他后面的人生很难过得更好。

每次回家的时候，望着过去的照片，由衷地感到一种幸福。此前会觉得不好意思，照得真难看，怎么这么不上相。现在看着会高兴地想，是的，那就是曾经的我。

Chapter 5

其实，最好的年龄才刚刚开始

“心不同，眼不同，看到的世界不同，最后去的世界必然就不同。”

香奈儿王国背后的三个男人

1

当那个年老的女人穿着我心爱的香奈儿套装，夹着烟，坐在白色旋转楼梯上的时候，我就深深为之折服。

如果关于奢侈品女人都有一个梦，那么我的梦一直是可可·香奈儿。黑白的极致奢华经典，还有那长长的珍珠项链。

她缔造的王国，是一个梦境。

在那王国的背后，有三个男人。

这是事实。

请看香奈儿这一生的上升图景。

第一个男人，让她成功从裁缝店跨入上流社会——即便只是一个永远拿不到婚姻契约的情妇。

第二个男人，爱她欣赏她，帮她实现了人生梦想，让她的香奈儿成为品牌，让世界看到了这个女人的才华。

第三个男人，影片没有讲，就是那位著名的威斯敏斯特公爵。他赠她珠宝，带她去各地游览胜景。香奈儿，从此真正名扬天下。

一个男人，一段爱情。可能把一个女人带到天堂，也可能把一个女人拖下地狱。

一个男人，一段爱情。可能给一个女人打开很多扇窗，也可能把一个女人的窗户完全关上。

在每一段爱情里，你有你的世界，我有我的世界。当你选择对方的时候，你也选择了他的世界。

有的男人，他的世界是船是海洋。有的男人，他的世界是风是飞鸟。有的男人，他的世界是学堂是博物馆。当然，也有男人，他的世界是黑洞，是垃圾站，是铜臭，是监狱，是江湖。

而有太多女人，只看到那些细枝末节，看不到那个人身后的世界，就活生生跳下去，根本不知道那是深渊还是悬崖。

2

香奈儿的智慧，不仅是在设计上，还有她对爱情的选择。

或许有人说，那样抉择，和拜金女有什么区别?

当然有区别，区别大了。

为了钱去爱的女人，和因为爱获得财富的女人，那是天壤之别。

用钱去买女人的男人，和让自己的女人获得新世界的男人，那是云泥之别。这区别显而易见。

富翁的女朋友不是个个都知道如何避免年老色衰的时候潦倒无助，用婚姻改变命运的人未必从此飞黄腾达。

有的女人只懂得炫耀名牌包，有的男人只知道将送女友多贵的东西拿来做谈资。这种人，灵魂是空洞的。

有的女人如亦舒笔下的刘印子，有一天进退得度，连当年捧红她的那个男人，也知道要敬重她。有的男人，如香奈儿的第二个情人，他的一生挚爱她，给予她的不仅是爱情，还有海洋般的广阔世界。

人和人都有一颗心，两只眼。世界只有一个。可是，开头一样的人，结局为何那般大相径庭？心不同，眼不同，看到的世界不同，最后去的世界就必然不同。

3

作为一个女人，要有这样的心眼儿：做一个广阔的女人，爱一个广阔的男人，像香奈儿那样。

如若不然，其实回头看看香奈儿的一生，一个女人很有可能栽在任何一个男人身上，从此终结一生的脚步和梦想。

可是当她发现，第一个男人永远不会正视她出身的时候，她离开了。再爱，也不能做玩物；当第二个男人向她求婚的时候，她说：当我不那么依赖你的时候，我才可以嫁给你。再爱，也不能做寄生物；当第三个男人自以为不会遭到拒绝的时候，她说：这世界有很多公爵夫人，可是只有一个香奈儿。再爱，也不能做附属品。

最后，这个死在工作台的女人，死在她的王国，终身未嫁。拿婚姻换盛名，是否值得？其实，这个问题根本没有讨论的意义。没有婚姻不等于没有爱情，有婚姻不等于找到真正的人生归宿。

总不过是人生抉择，以婚姻、爱情、事业作为第一选择，都没有错。真正的错在于你根本不知道自己真正怕的是什么，要的是什么。

亦师亦友亦兄亦父，当然也是她此生最爱的男人，这是香奈儿对鲍伊的评价。他死去的时候，她说：我要让全世界的女人为你穿上黑衣。

从此，这世间的女子妖娆地穿着黑裙，出现在墓园以外的风景里。

那些真正的人生赢家

1

发现许多情感专栏作者，描写的故事和内容都十分极端，不仅不能让人对感情产生希望，反而让人心生绝望。好像中年女子都在面对老公的出轨，好像大龄女青年提到男人想到的都是龌龊与无耻，好像婚姻都是特不堪的事。

我问朋友们，难道如今的情感世界有那么糟糕吗？他们说，不糟糕，不极端，没看客。你写一出狗血的剧情，点击率立马就上去了。你直播一段不伦之恋，在网上必红。两个女人争男人大打出手，就是比两个文艺青年在那儿使劲演内心戏的收视率要高。

这就是人性里难以磨灭的好奇心，这就是娱乐的意义所在。

朋友虎妞的妈妈早已坐稳了太后的宝座，牢牢掌控家中经济大权，衣食无忧。虎妞本人白皙圆润，是个俏皮的湘妹子，几年来历经情感波澜，仍在苦苦寻觅结婚对象。

但母女俩在家看电视时，口味完全一致，就是喜看那些嘉宾讲述情感如何不堪的节目，还有就是如印度老斑鸠一般纠结的肥皂剧，比如女主角新婚之夜上错床，结果怀了孩子，最后孩子又得了重病。

两个人边看边评，一会儿咬牙切齿，一会儿揪心惋惜。

但现实中呢？太后天天提醒虎妞，婚姻要门当户对。虎妞本人对于折腾的感情，坚决不纳入考虑范围之内。所以，看戏是看戏，戏如人生，让人产生一种虚假的真实感，那是精彩的编剧。

可是每一个热爱肥皂剧的母亲，都不会如肥皂剧一般去编排孩子的人生。因为她们深知，那需要极大的勇气与乐观，因为她们爱过恨过之后，发现婚姻就是那么一个不需要创意更需要忍耐的东西。而假如真要像个老人一般唠叨这些听起来就过时的婚姻潜规则，那文字必然令人感觉索然无味。

这也是为什么编剧们选择写极品，而避谈柴米油盐的原因了。

2

可怕的是，不明真相的人就此以为世界就是那样的，男人就是不可相信的，又或者以为爱情都是浪漫的、容易的、命中注定的。

哪里有那么多的注定？我见过大部分感情和顺的女人，都是为之付出了太多努力。外人都是只见人收瓜，不见人播种。

许多人都有过这样的经历：抬出一大筐的理由期望朋友做出理智的选择，第二天睡醒，发现她昨天怎么过的，今天还是照旧那样过。对大多数人来说，第二天的太阳并不是新的。他们害怕改变，对未知的恐惧甚于对现状的不满，他们需求的只是一个精神垃圾桶。

对于这样慵懒懈怠的人，我只会毒舌一句：对不起，谁也帮不了你。对于只有在折腾中才能找到存在感的人，我也只能摇头说：恐怕你并不适合婚姻。

李碧华在《生死桥》里写，你将来的那个人，不是心里的那一个。世间常常都是这般，爱的是一个人，结婚的是另一个。

所谓的幸福，是明知很有可能不会幸福，却仍然相信，付出，最后终得所报。明知道婚姻是琐碎平凡的，明知道男人的劣根性，却死心不改地努力过出滋味来。

我热爱这样的女人，她们往往是生活里真正的赢家。

天时地利人和的快乐

1

风花雪月，是一件需要巧合才能快乐的事。

再精心安排的东西，也很容易被不合时宜的意外搅乱。出去吃饭遇到瓢泼大雨，拎着蛋糕却被撞飞，约会前一天脸上长满痘痘，刚吃得高兴发现浑身过敏。总之，此去经年，良辰美景，风花雪月都是上天所赐。

那天晚上，四个人抱着酒走到沙滩上的时候，差点没被眼前的情形吓倒。小小的海滩，蜂拥着一大群的人，下饺子一般拥挤。然而，再后悔也没用了。一直走一直走，居然找到一片空地，可以看不到在海里饺子般的孩子们，心情开始好起来。

刚刚坐定，来了一帮国际友人，抱着CD机，音乐开得震天响，这小片海滩突然就活泼起来。有他们在旁边群魔乱舞，几杯酒下肚，竟然也跟着乱扭起来，扭到灵魂都想出窍，内心平素关着的小野兽轰然出笼。

都没有带泳衣。某女脱了裙子，直接下海。后悔不会吹口哨，只好尖叫着鼓掌，然后拿起她的裙子转身就跑，留她在海里气得哇哇直叫。即便对这浮生再多不悦，却总会在不经意间遇到些有趣的人，也是些许安慰。

娇小纤弱的另一女，拎着酒瓶说：我要把你喝倒。已经不记得那天的海是什么样子，也不记得月亮是圆还是缺。微微记得，远处有不知名的船，满身亮黄的灯，在夜里闪闪发光，很是耀眼美丽。旁边有人问，我更喜欢夜色下的海，你呢？摇摇头，我永恒地更爱晴日里的海。

海水如若不是湛蓝色，一如没有温暖拥抱的人一样失去意义。

2

在这个城市，我只喜欢一条路，是那条临海的林荫道。

某年五月，坐车经过，树荫下，细碎的阳光倾泻下来，旁边的海是深情忧郁的蓝。整个人一下就因这情景回到青葱时代。有时候，风景是有巨大魔力的。对此，念念不忘，铭记在心，变成一条刻在心里的路。

之后某人为了哄我开心，在那条海边的林荫路上一直开到迷路，我望着港口那辉煌的灯光，心里欢喜起来。可是，夜晚的欢喜已经变了质，轻薄多了，远没有那个午后的欢喜厚重醇正。

想来想去，喝来喝去，一瓶酒就这样空了。娇女子拉着我的衣袖，晃悠悠地说：你没倒我先倒了，你个骗子。我哈哈大笑。

帮她提着鞋子，突然她就光脚跳起舞来。在那石板路上，在拥挤的人群里，紫色雪纺裙飘起来，她踮着脚，边跳边跑，像只林间的小动物。我抱着酒和鞋子，追都追不上。

总算抓到她了，她抱着我，很开心地笑，可是不愿回家，一个劲嘟囔着：为什么要走？我们转身再回去喝嘛。都哄着她说：下次下次。她恨恨地说：不要再说下次，只要今天，下次身边还会再有一起跳舞的可爱老外吗？不会再有了，就是今天。

几个人就这样在路边恍惚起来。

此去经年，不再是旧模样。天时地利人和，只得那一刻。那刻圆满了，就是天赐的快乐。

一如某人念念不忘在西安水库里见着的半个月亮爬上来。一如某天蓝到深情的海水。又如某天在海边举着小烟花，不死心地燃起一根又一根，直至童心大发。

可是，今夜，的确很快乐，快乐得夫复何求。

幸福或者有趣，都是自找的

在这个城市，经常有令人莞尔的事。

某个夏天的黄昏，西装笔挺的男生，摘一朵花，放在鼻子底下嗅。

某个秋日的清晨，有人一手拿公文包，一手牵一只彩色的气球。

某天，发现每天都路过的那条街的转角，蹦出一片小花田，满是向日葵，虽不蓬勃却也生机盎然。

这或许就是我喜欢住在这里的原因。总还有一些人会停下来慢慢走，然后才能发现有些花在一夜间开放，有些路在一夜间充满色彩。跟苏苏说起路遇的这些小事，她也说真有趣。

于是，想起来汪曾祺写沈从文，说有一天沈看到一个胖女人过一座桥，突然就难过起来。他很不理解老师为何为这个胖女子难过。我觉得，大概是文人心里脑里总有一幅画，布局妥当了，却发现生生地被破坏，顿时怅然若失。

我也会这样怅然若失。日子久了，便学会不再提前设想许多。因为多半不会发生，倒是多出不少莫名烦恼来。这就应了四个字——庸人自扰。

其实，女人多半都爱庸人自扰，尤其年轻的时候。不过，豆蔻年华，那叫梦想或者绮思。而如今，大家叫意淫，事情还没发生，都能意淫出许多事来，这就是女人的思维。可爱在于此，烦恼却也在于此。

年少的时候，远游前，兴奋到半夜都睡不着，构思着一部部微型小说。后来真的去了，都不能一一实现，并且往往扫兴而归。下一次，却总还难免再臆想。

如今已知，发生的当会发生，真发生之前再来构思也不迟。人生需要事先设想好并且做好心理准备的大事实在不多，倒是许多事，根本由不得你思虑太多，已是箭在弦上。

发现这些转变的时候，我知道有一些东西正在悄悄远去，但并不可怕。明白无法企及的东西太多，失望少了，淡定就会多一些。幸福是自找的，不幸福也是自找的。有趣是自找的，无趣也是自找的。

一 辈 子 做 女 孩

1

如果你没有看过原书，你一定觉得伊丽莎白·吉尔伯特是一个无病呻吟、没事找事的女人。莫名其妙要离婚，然后周游世界寻觅安宁。

如果你看过原著，那么你又会觉得，对于编剧而言，要从一部流水账里截取最动人的部分，组成最完整的故事，的确很困难。

这就是茱莉亚·罗伯茨主演的《美食、祈祷和恋爱》，原著名《一辈子做女孩》。

画面果真美得令人心旷神怡。罗马和巴厘岛，都是人间天堂，因为那里的人都相信自己生活在最美的国度，并且生活在最懂快乐的人群当中。

罗马人说，我们是世界上最懂得享受的、无所事事的、快乐的人群。

我喜欢罗马那旧旧的街道，我喜欢巴厘岛上的人身处稻田与鲜花当中的房舍。

巴厘岛上的人说，我们就站在世界的中心，我们就是世界的中心。。

而我们所在的城市与国度，日渐面目全非。

这是一个在扬新的同时毫不留恋地弃旧的国度。迟早有一天，我们只能见到崭新的一切，越来越躁动，失却了一个城市积淀的良心。

可是我们又能怎么办呢？

在纽约，她半夜醒来，周遭的一切没有给予她任何幸福感。

当她背着行囊离开时，她的好友望着她说，其实我也希望像你这样丢开一切。谁都有这样一个理想。可是，把所有东西打包塞进仓库，然后用所有的钱去旅行，不去想，等我回来之后我住哪里，我该怎么样生活——这是太困难的一件事。

人生最难的不是向前走，而是难以免俗。

我们中的绝大多数，都没有勇气去突破俗世的规则与思维，只能在自己的小世界里折腾与牺牲。所以，要平衡，谈何容易？

2

好多年前，我读这本书的时候，正好是我最低落的一年。

但我为自己骄傲，勇敢舍弃，从头开始。低落是我必须要付出的代价。

当我重新从最低处开始做起，当我重新回到这个城市生活的时候，这本书给予我莫大的勇气。

在那之前，我时常在深夜里睡不着，痛哭不已。

我终于意识到，不管他是什么样的男子，他都没有资格这样将我的世界搅得天翻地覆。

然而我没有能力去旅行，我也没有机会这样做。我只能重新回到原先的位置，其实是比原先更低的位置，在这个城市里重新努力奋斗。

那个时候，我已经有一年不和外界接触，不工作，很少外出，不去美容院，不去商场，甚至连基本的护肤也已经漠视。

然而，从舍弃的那一刻起，我其实就已经站在平衡点上了。这是我日后越来越深刻领悟到的一件事。我不再躁动、懒散，不再有许多借口和理由，也不再去抱怨这个城市的冷漠、疏离。

我的内心平静清醒，在最琐碎的日子里，最平凡的朝九晚五的生活，在我眼里充满着希望与乐趣。

最重要的是，我没有丧失对爱的信心。

不管是在罗马还是巴厘岛，别人问：你结婚了吗？你需要一个爱人。她不以为然，并且装作毫不在乎的样子，一个貌似强大的离婚女士。她不懂，罗马和巴厘岛的幸福，恰恰是因为他们永远不会因为伤害而对爱失去信心。

她自己最清楚，所有的不平衡，与婚姻无关，与伤害无关，与任何都无关。她身上许多地方其实有凯莉的影子，甚至是亦舒。

3

她们都有追求理想的翅膀，也有爱慕虚荣的泥足。她们都觉得自己的理想高于一切，当对方不满足她的虚荣时，她就伤心失望，却不知道这些并不是生活的常态，也不能成为生活的常态。

这是女人内心矛盾的最大根源。矛盾成就了许多女人，也毁坏了许多女人。是被成就，还是被毁坏，就看你在自我理想与俗世虚荣中的平衡功力。

我喜欢无牙的巫医最后说的那句话：因为爱失去平衡，是人生平衡中最重要的一部分。

他希望她不要惧怕爱，在恋爱中微笑，用心去微笑。他问她：你会永远微笑，永远禅思吗？她说：是的，我会。

他曾经送给她一张画，一个人应该用四条腿站在地上，然后用心而不是用眼睛去体会这个世界。

她终于懂了什么叫随心而动。你内心的平衡，最终靠的还是自己的内心。而我们，都还有很长的路要走。

别太相信父母说的话

我常常看到很多读者的留言，苦恼于父母不能理解自己人生的选择，他们最痛苦的是，父母总是把这些和不孝顺牵扯到一起，激发他们的愧疚。

他们更深层次的矛盾在于，都说父母吃过的盐，比你吃过的饭还多，他们经历得更多，应该听他们的才没错吧。

以我目前看到的各种不同人的经历，我可以说：

你认真听他们说话，是孝。

但你完全按父母说的话去生活，那不是孝顺，一定是傻。

1 他们早就已经看不懂世界了

一个朋友2008年的时候，正好存了一笔钱，想要在深圳买房子。那个时候她还是单身，没有结婚，父母打电话过来一通批评，说现在房价跌得这么厉害，亲戚朋友都说还会继续狂跌。她这么一个小女孩，肯定很容易被中介骗的，又没有结婚，买什么房。

她其实已经看好了一套地铁口的二手房，价格非常合适，100平米80万。但扛不住家里的舆论压力，最后还是放弃了。

两年后，房价回暖，她再去买房子的时候，价格已经翻了一倍。她跟我说，这就是听话的代价。

另一个朋友2005年就已经决定在深圳买房子，当时的房价跟现在比简直就是白菜价。可公公婆婆却坚持让他们回佛山一起生活。老公明知道根本不可能回去，却不敢明明白白直接拒绝。纠结了好几年，五年后她们才买了一套房子。

其实当时首付只要求20%，他们完全可以买一套更大更好的，却因为公婆所谓的“银行利息那么高，简直就是抢钱”的理由，必须首付50%，一家人将就住在一套两房的小房子里。

我一直搞不懂，一个读过这么多书，见识过更大世界的成年人，为什么连自己的生活都不能由自己决定？你过得这么委屈，不是因为你活该这样，而是你连父母都不敢反抗，何谈hold住世界？

父母的眼界和格局，极大地影响孩子的未来。不是父母不爱子女，而是他们早就看不懂世界了。他们对世界的判断，对生活的选择，根本就没有太多的参考价值。

2 过时的价值观，如何毁掉了爱情

很多从农村到城市的老人，不能接受超市不能讲价，总认为太贵，宁愿多走几站路去买菜，一斤便宜五毛钱，而且要求子女跟他们一样，事事以节约为标准。

这些小事，顶多只是影响心情，可涉及婚姻大事，还要这样斤斤计较，就会使好不容易拥有的感情化为乌有。我见过好几对情侣，临近结婚时崩盘，或者结婚后一直为此争吵。

很多父母，习惯了一辈子斤斤计较，于是在结婚这个最花钱的时刻，更是精于算计，绝不能让自己的孩子吃亏。

女方出钱出首付，男方出钱装修付按揭，结果为了处处省钱，就找了一个小包工头来装，装修的房子不仅难看，还是个豆腐渣工程。女方看到房子之后，直接崩溃了，婚后一直为此吵闹不休。

还有一对，两个人感情一直很好。结果到了快结婚的时候，对方父母一反之前的和蔼可亲，一直怂恿儿子在钱上要多留个心眼。女方当然不能接受。男方几经折腾，已经没有信心再走入婚姻，决定分手。从此恐惧婚姻，到现在，也没有结婚。

本来怀着巨大的热情想好好经营一个家，却因为父母的计较、猜疑、恶语相向，让年轻人看到的全是人性、婚姻的阴暗面，即使最后结婚，两个人也回不到从前了。更有甚者，因为内心不够强大，不能承受违背父母的愧疚，所以干脆毁掉自己的人生给父母看。这样惨痛的例子，并不少见。

3 有多少人因此放弃了自己

最难过的还不是这些，而是发现听话多年后，已经没有了自己。

我听过许多案例，婚前妈妈无比精明，事事为她考虑周到。可婚后，遭遇先生出轨，妈妈瞬间变成不通情理的老太太——“只要他还愿意给钱，就忍着吧。像你这样，离婚了，也找不到工作。孩子谁来养？”

你开不开心不重要，只要你吃穿不愁就够了。就算婚姻只是一个空壳，也必须在里面熬着。

还有的人在稳定的体制内煎熬多年，从一开始想找各种方法逃离，到后来直接放弃了。父母还要为此冷嘲热讽——“就你这样的能力，有这样的一个工作，就知足吧，别折腾了”。

所以，特别想对年轻的姑娘们说，如果你想活在你希望生活的世界里，你希望你的后代活在你希望的世界里，你就必须坚持自己的路，以自己的方式去找到适合自己的生存姿态、生活方式。

因为听话的你选择的不是孝顺，你选择的是另一个世界。

一个世界是开放的、长远的、活跃的，虽然辛苦，但都通向自我，是积极的，向上的，丰富的。

而另一个世界是闭塞的、短视的、僵硬的，看似轻松，却逐渐失去自我，是怀疑的、否定的、压抑的。

这是截然不同的风景，也是截然不同的方向。

或许眼下，父母说的是对的，可是五年后，十年后呢？那个时候你想改变人生，就会比二十岁的时候难上百倍。

人在二十岁的时候，错过了听从自己内心的机会，就会像买房子一样，必须要花几倍的钱，才能买到一样的东西了。

甚至可能更难，毕竟覆水难收。

我也不知道，未来的世界会怎样。

但我希望做到的是，以后，当儿子跟我说决定要做什么事的时候，我能听懂他说的，我真的能理解他、支持他。

比起给他买一堆进口的玩具、食品，我更愿意带他去看世界到底是怎样的。我会带他到我的工作室，看看妈妈工作时的状态。从他一个多月起，我就已经带着他出去旅行，还会带他和我的朋友们一起吃饭。

因为，我更希望给他的是能力、信心、勇气，为自己将来的人生负责。

这些才是他以后能坚持自己、坚持理想、喜欢自己的永远的源泉。

这也是很多人并没有从他们父母身上得到的东西。

因为爱，你开始能接受人世的庸俗

1

清早六点从家里出发的时候，天还是黑的，在高速上一路狂奔至岳阳时，才天明。到了下午进入广东境内，两个人才稍稍松懈下来。

阳光晒得人发烫。这个年，冬天走得特别快。唯一高兴的是，摆酒那日下了我许多年都没见过的鹅毛大雪。老天很赏脸，该晴天的时候没有吝啬阳光，该下雪的时候也绝不含糊。

老妈塞了一堆年货，整个车子都被塞得满满的。看着各色各样的年货，我简直有鬼子进村的感觉。

下午六点到了深圳，天还没有黑。两个人搬了两趟，终于把车子腾空。

打开家门，看到家里的树还有绿意，别提多安慰了；别的都不管，先给树浇水，再来一个个解决各式的箱子和袋子；头昏脑涨之后，还得记账。

这就是主妇生活。虽然还不至于如鱼得水，但至少没有捉襟见肘。

过年时看到一个小朋友写，在没有庸俗之前要尽情奢侈生活，丽江、拉萨、欧洲什么的，通篇小资词汇。

看完我只想说，一个不懂得庸俗的人，在这个庸俗的时代，简直很难活得足够好。庸俗可以兼顾风雅，然而风雅却不能容忍庸俗，这注定会让一个人变成一个分裂的小青年。

捏着屈指可数的人民币，心里却幻想着一种有钱又有闲的生活，那应该祈祷投胎为一个富二代。别的，我想不出有哪种又高尚又有钱有闲的生活。

不管爱情多么冲昏头脑，站在办公桌前还是要冷静下来，忘记一切。工作，有一天将会和开车一样，变成一种本能。这就是生活里最庸俗又最永恒的地方。

不管世界如何，生活的本质是庸俗的，只是各人的智慧不同。有些人努力让庸俗里多一些风雅，而有些人天生是去创造风雅的，碰不得庸俗。假若我们不是天才，那么还是早早认命，别做一个外面光鲜，衣柜里塞满脏衣服的女子。

2

假若他爱我，他就应该奉我为公主。

等你真切相信这句话，你一定会在婚后立马陷入悲切的情绪中，再也难以爬出来。结了婚他就不够爱我了，为什么？为什么他开始躺在沙发上看着一个女人忙碌？

婚姻的奇妙，是一种与爱情截然不同的化学反应。

爱情是你离不开我，我离不开你，二十四小时都想黏在一起。婚姻却不是。那是一种你中有我，我中有你，不管各自在何方，血液和思想都联系在一起，不是亲人胜似亲人的关系。

有许多爱情，好像爱到骨髓里，却无法一起探讨金钱等敏感问题。

有许多爱情，好像至死难分，却往往败给最庸俗琐碎的分歧。

有许多爱情，好像销魂不已，却还是要在对方面前竭尽全力隐瞒缺点甚至不雅的举动。

你说，我们还相爱吗？是的，我们比之前更爱对方，更信任对方，更了解对方。有一句庸俗的老话，不管贫穷富贵，不管生老病死，我们都会牵着对方的手，一起走过。

我希望，有一天，你们都能真切体会到这句话。

到那个时候，爱情早已是小 case。

你的生命与一个毫无血缘关系的人牵连在一起，你把你的命运交给他，他把他的命运交给你。

这大概是生命里最奇妙的一种情感。

而许多人不能，也做不到。

我只想比以前更喜欢自己

那天，闺蜜很认真地问了我一个问题，她说：如果你没有嫁给他，如果你嫁的不是这个男人，你会成为不一样的人，追求不一样的生活吗?

我想了三十秒回答她：不会。她笑着说：你看，我就知道是这样。

有时候我们常常以为答案会有很多。当下突然被问到的那一刻，你才知道，原来，答案早就在那里，并且只有一个。

不管我遇到谁，我还是在写字，还是会继续写字，还是会在这里写字。不管我嫁给谁，都改变不了这件事。

昨天晚上，和古琴老师有约。推开门，水声潺潺，满室烛光。我笑道：这感觉不像来上课，却是来约会的。她说：这不就是约会吗?

在很多人眼里，她都是女神一样的存在。穿得了清丽素雅的中式旗袍，也能在西藏穿成朋克女郎。对于很多人来说，这已经是足够美丽自由的生活。可是，对她来说，大概还远不是最好的自己。

但是不管她当初嫁给谁，成为谁，她还是会喜欢古琴，坚持弹琴，命中注定与古琴相遇。

如果同样的问题，问我的出版合伙人，我想，她的答案大概也会差不多。她说，当年算命的对她妈妈说，这姑娘会从事你们想不到的行业。当年她腿长貌美，家里人都以为她会去做模特或者从事时尚光鲜的行业。没想到，她却碰到了出版，然后，一直做到现在，从编辑到独立创业成立出版公司。

什么是更好的自己？在很长的时间里，我也以为，更好的生活是，有一天，逛超市再也不用关心价格，可以随意去买当年买不起的东西，可以不问机票价格去自己想去的地方，可以有属于自己的一间房子。但当我拥有这样的生活以后，我并没有觉得比过去开心许多。

我也看到很多貌似过得不错也长得不错的姑娘，她们的却并不开心。浓眉大眼的俏姑娘，偏偏嫌自己的牙不好，忍痛去箍牙。天生胸大腰细的，却偏偏嫌自己脸大，用尽各种办法，想要攒钱去日本做磨腮削骨。清秀佳人，嫌弃自己不够性感。过于性感的，又埋怨男人总是娶了别人。

每个人总是能很轻易地看到别人的优点，更能轻易看到自己的缺点。我们总以为，成为更好更完美的自己，就是削掉自己的缺点，然后把他人的优点安插在自己身上。更好的生活就是让家人满意放心，得到那些别人不能得到的。

于是，我们把所有的时间和精力投入到和自己的缺点作战，把所有的期望和价值都放到和别人攀比中，力求让家人和他人满意当中。

这当然是一种痛苦。

这个过程，每个人都在经历，每个人都会经历。谁也不会更高尚，或者更低俗。人与人之间的不同是，在追求更好的生活之外，我们认为的最有价值的事不同。我们抵达终点，愿意借用的途径不同。我们改变自己，使用的方法和方式不同。

这世上有许许多多可以做的事，但那对我来说，不是成全。这世上有很多活法，就像《琅琊榜》里的人，每个人都有自己的活法。林殊有林殊的活法，靖王有靖王的活法，霓凰有霓凰的活法，他们会有弱点，会有软肋，会有痛苦，可是，在他们心里，那一切弱点、软肋、痛苦都是有价值的。他们只想像一个大写的人那样，去活。

所以，这才能成为一个有情怀的故事，一个伤而不悲的故事。

君子有所为有所不为。

我们不是只会写字、弹琴、做书，但只有这件事，能让我们在里面找到真正的自己，不论好坏。是这些事让我变得不同，是我让这些事变得不同。每当投身这些事的时候，我就不怕时光流逝。成为这样的自己，令我欢喜。这就是我的安全感。

所以，如果你问我，是不是我不管嫁给谁，都会做同样的自己，追求同样的东西呢？当然是。

是什么让我们对自己更加热爱了？不只是因为我们变得更美了，也不是因为我们终于过上了更好的生活，而是有一件事可以承载我们的内心。这不是一个男人，不是一颗钻石，不是任何物质可以替代的。

做更好的自己，不如让自己更喜欢自己。过更好的人生，不如去坚持那些真正让你欢喜的事。只有这样，人生才会真正好起来。不是因为你拥有了什么，也不是因为你得到了什么，而是你知道，你成为了谁。

就像我的合伙人所说：我不会因为今天穿了Maxmara，就觉得自己与众不同，更高贵了；也不会因为今天穿的是ZARA，就觉得自己不够高贵，不够霸气了。不管穿的是什么，这都是我的品味，我的风格。

令我更喜欢自己的，不是一件衣服，也不是一趟旅行，更不是找到了一位灵魂伴侣。只是在我和未来之间，我找到了一座最好的桥梁。

所以，每当有人问我这十年最大的改变是什么，我的回答都是：我真的比以前，更喜欢我自己了。

每天叫醒我的，真的是理想

我渐渐发现，我的好朋友们虽然性格各异，都几乎有同一个特征，她们既张扬又难搞，放在公司里，一定都是评价两极分化很严重的人。她们既爱花钱，也会赚钱，谁也不能阻挡她们的买买买之路，放在同学里，绝不是老好人类型的。

可我就是能全部搞定她们，而且她们还非常爱我。想了想，大概原因是：我就是传说中自带鸡血的人。

1

比如我的朋友A，她喜欢钱带来的安全感。所以，她很努力花钱，也很努力赚钱，同时还不时给我们分享（推销）她最近买的东西。她加班的时候从来没有怨言，对社会也很少有抱怨，因为她没空。

很多人以为像她这样的人，也许是家境不够好，或者是天生对物质要求比较高。但我知道，她两种都不是。

A曾经是一个极节俭的姑娘，从来不关注时尚，第一次见她就是T恤牛仔裤球鞋。她的人生目标就是攒钱，然后看着存折上的数字缓缓增长。

她说，她变成现在这样都是拜我所赐。她说要买房，我说好啊，选好了赶紧就买吧。付完首付，说没钱买衣服了，我说卡号给我，我借你一点，房奴更要穿得貌美如花。终于压力小一点了，她说要买车，我说：快买吧！你的人生特别需要一辆车。

她说，她的人生验证了一句话：会花钱，才会赚钱。而我见证了她如何成功变身励志姐，一个没有大学本科学历的姑娘，如何通过自己的努力，三年内在深圳买车买房。

为什么我要鼓励她花钱？因为热爱攒钱让她变成一个对生活很敷衍的人，能省则省，面膜不贴，连洗面奶都懒得用，自诩天生丽质。但我知道，她的内心，是一个有极强小宇宙能量的人。

对她这样的姑娘，我觉得治疗她的秘方，就是鼓励她买买买。因为谈情怀，对她来说是画大饼。所以我对她的改造，就是从逛街开始的。

与其说我在鼓励她花钱，不如说我在帮她不停给自己寻找努力的理由。

每一个花钱的理由，其实都是赚钱的动力。

每一次调高花钱的额度，其实都是在提升自己努力的目标。

2

一次，她和我聊天，她好奇地问我：像你这样不那么爱赚钱的人，居然每天也鸡血满满，你努力奋斗的动机是什么？

我说，一开始，动机来自于我想证明自己。后来是因为，这一生，我真心想为这个世界做点什么，我爱这个世界。她说：滚你，又在装逼。你明明比我花得更多。

她说的没错。我们之间的差别只是在于，比起大房子、豪车，我更喜欢花钱去旅行，去上课，去和朋友见面。比起奢侈品，我更喜欢买有设计感的品牌，更喜欢带家人吃一顿大餐。我喜欢花钱来丰富人生的体验，并不想花钱来彰显自己多么有钱。

现实中我也有很多归隐田园的朋友，搬到她们喜欢的城市生活，在城市郊区开一间小小的民宿，或者开一个小小咖啡馆。但是，她们在那之前，都是拼命努力过、拼命奔跑过的人。

她们已积累好了足够的人脉、足够的经验，以及足够笃定的心态，到了一定时候，毅然决定要以自己喜欢的方式去生活。这种放下，是因为理想早就根植于她们心中，从没有消失。

不入世，不足以谈出世。

钱是奔跑路上的发动机，理想却是奔跑路上的翅膀。

我理解所有为钱努力的人，但我更欣赏心怀理想去努力的人。

3

人总是要图什么，才能突破慵懒和舒适。

每个人决心努力赚钱的理由都不同：有的人图的是家人安稳，有的人图的是不再恐慌未来，有的人图的是匹配更好的爱情，有的人图的是比前男友活得更好，有的人图的是证明自己。这都是动机。

没有动机、没有爱好的人，往往就会随波逐流，变成一个无用的人。因为他们不知道这一生，懒或者不懒，舒适或者不舒适，会有什么不同。

昨天看到一位读者的留言，心中甚是感动——你觉得他很辛苦，可对他而言，那或许是一种享受。

前几天我爸跟我说：当初，如果你回去做一份安稳的职业，哪用像现在辛苦？对，我也是到了二十几岁才发现，一直严格要求我的父母，其实对我并没有很高的期望。

所以，我早早就知道：我并不是为了满足父母的期望而活，我是在为我自己努力。这一切的辛苦，我早已习惯，甚至不知道不努力应该怎么活。

说到底，女人命运的不同，真的并不是智商或者情商，而是在于内心深处，是否真的爱上了努力的自己。

你要是问我，为什么总觉得自己努力的动力不足？我给你的回答是：因为你努力的动机出了问题。一个人在二十岁就想着“什么时候可以不用努力”“什么时候可以赶快休息”，人生必然是会被荒废的。

所以，问问自己：每天叫醒你的是什么？

每天叫醒我的，真的是理想。

为什么要做一个有辨识度的人

上学的时候，老师和家长都只会教育孩子：要谦虚，要朴素，不要骄傲，不要标新立异。

一旦你有什么想法，父母就会说：别的孩子都很听话，你哪里来的那些乱七八糟的想法？

结果长大了，发现那些就不好好穿校服的孩子，成了知名设计师。

那些特别有主意，特立独行的小孩，成了总裁、CEO。

难道真的坏孩子比乖孩子更优秀、更有出息吗？

与其说，个性张扬的坏孩子比循规蹈矩的乖小孩更容易成功；

不如说，是因为张扬的人，更容易展示自己，有着更强的辨识度。

没有辨识度的年轻人，常常会碰到这样的境遇——

工作了很多年，可是升职加薪的时候都不会优先考虑他。

朋友圈非常狭窄，有很强的社交障碍，很难拓展自己的交际圈。

就算获得了一点成绩，也不太自信，对自我的评价很低，远远低于他的能力。

这体现了国内教育缺失非常严重的一个环节：过于强调规矩、规则、谦虚、听话，而没有人教育孩子，除了成绩，一个人最重要的是想清楚自己——到底可以拿什么来和别人较量？

如果你回答不了这个问题，一旦面对竞争的时候，没有辨识度的人，战斗值就特别低。一个人要想获得和自己的能力相匹配的人生，一定要学会提升自己的辨识度。

辨识度是一个人懂得经营自己的开始。

1 形象上的辨识度

朋友Lancy长得清秀知性，但衣着特别随便，上班半年还是延续大学时代的牛仔裤、球鞋。她很苦恼，为什么领导似乎总是对她有意见，即便她已经非常努力。

我对她说，人是很难忘记对别人的第一印象的，你现在还是穿着牛仔裤球鞋，这种穿着就会让领导判断你是一个不成熟、任性、不值得信任的小孩。

很多优秀的职场人，起初都会穿着让自己显得更成熟的衣着，不是他们自己喜欢，而是成熟干练的套装会令人看起来更专业、更值得信赖。在这个基础之上，你再去找可以展现你的魅力和个性的配饰。

很多人说，这是一个很专业的概念，我请不起专业的团队来为我打造，等我有钱了再说吧。其实，一个人，在初入职场的时候，遵循几个简单的原则就好了。

第一，穿得有质感一点，不需要很时髦，但一定要合身、得体。

第二，身上一定要有一样东西是贵的，也许是一块手表，也许是一双鞋，也许是一对珍珠耳环，也许是一支大牌口红，也许是闻起来很高贵的香水。

第三，选择一个颜色或某一种款式经常穿。我就认识一个朋友，她衣柜里都是白衬衣＋黑裤子＋金色配饰，久而久之，朋友们看到这种着装就会想到她。

具体示范案例可以参考《欢乐颂》《离婚律师》《傲骨贤妻》，虽然都是套装为主，但女主角的着装风格还是各有不同，有人喜欢用丝巾，有人喜欢戴首饰。找到属于你的那个标签化风格很重要。

2 沟通上的辨识度：越害怕沟通，越没人帮你

辨识度的作用是更快地让别人了解你，喜欢你，记住你，愿意帮你。

因为，即便你是一个很有想法、很有内涵的人，你不去表达、不去争取，别人是不知道你很优秀的！

我就见过一个真实的例子。两个同学A和B，在一个行业不同的两家公司，A一年就已经成了小主管，年薪翻倍。

A跟我说，她能够快速提升的原因就是，她回主管的邮件永远不会超过十分钟。她从来不会把问题抛给主管，会主动在邮件里尽量把她能想到的解决方法写出来，让上级来选择；而且她看很多最新的专业书籍，总是会在邮件里用上最新的理论、最新的专业词汇，让领导觉得从她身上也能学到新的东西。

而B总是惧怕犯错，害怕和上级交流，主管让她做什么，她就做什么，

从来不主动去提出自己的想法和建议。久而久之，领导也就觉得，这个人可有可无，只能做很基础的事。

我问A：难道你不怕犯错，不怕被指责吗？她说：我当然也害怕，可能够很快改正错误，不断提升，刷新领导对你的认知，就是一种辨识度。

所以，A总是能遇到帮助她成长的上司，而B总是在抱怨老板不够体谅她。

如果你自认为自己做了很多努力，有过很多成绩，但没有人记得你，那就要反省，是不是你也像B那样，没能让人记住你做过什么。

3 社交辨识度：你为什么总是把天聊死

很多人会问，难道社交上也有辨识度吗？

当然。

看看如今当红的明星，一定是有一些标签是能被人记住的。比如薛之谦，唱了这么多年的情歌，因为会写段子，结果一炮而红，成了最会写段子的歌手。

比如综艺节目《我们来了》，每一个女明星都有自己的特色，像摄影师江一燕，穿着高跟鞋，拿着很重的相机，蹲着给大家拍美美的照片，很多人都会因此记住她。

再比如我们每天看朋友圈，你会发现那些很会经营自己的人，大家提起他们的时候，都会说：

她跑马拉松可厉害了；

她是摄影达人；

她是育儿达人；

她是美食家，找她推荐餐厅准没错；

她永远都在分享最有价值的书。

这些特长和标签，就是一个人在社交上非常强烈的辨识度。这样的人很容易就拥有一个滋养自己的社交圈子，而且成为小圈子里的红人。

他们即使和不经常见面的朋友，也能很快找到话题，因为大家可以通过朋友圈了解他。甚至是领导，有共同关心的内容时，也会主动来和他们讨论。

可有些人的状态，你实在看不懂，他的情绪变化无常，完全不知道他在意什么、关心什么、喜欢做什么。

所以不要以为兴趣、爱好、专长，必须要发展成职业，才有其价值。它其实是区别你和其他人到底有什么不同的利器！

否则你凭什么被人记住、被人需要、被人赞扬？

社交上的辨识度，是帮助你迅速找到同类的最佳方式，彼此也能很快进入更深的交往关系当中。

否则，两个人很可能在“嗯”“好的”“是啊”这样的对话中，把天聊死了。

形象、沟通、社交，这其实是构建一个人这一生幸运度的三个维度。

不要羡慕别人总是交好运，他们其实在这三个方面，更早领悟到一个道理：

世界上优秀的人那么多，大家都很忙，你当然可以慢慢等待其他人发现你有多好。可或许，这个过程中的孤独、冷漠、委屈、无奈早就击垮了你。

等不及去展现自己的优秀，你就已经被负面情绪拍死在了沙滩上。

4 能被人记住，就是一种能力

所以，成为一个有辨识度的人，绝不是为了别人，恰恰是为了自己。

因为，在成长的路上，如果我们能够通过努力，赢得更多一点的鼓励和支持，那么，为什么不呢？

否则，你很可能走着走着，渐渐就忘记了：你是一个值得拥有更好生活的人。

辨识度不是伪造，不是假装。

毕竟，这一生，说长也长，说短也短，十年也就弹指一挥间。

你才是值得自己奋斗终身的品牌

十年前我出道的时候，最常听到的话是——

“这批年轻人真是不行啊！”

“真是一代不如一代。”

“80后既自私又叛逆。”

“我们那一代上班都是从擦桌子开始的，你们已经够幸福的了。”

等到了这一代，我去高校做讲座，大一大二的学生已经陷入了焦虑：

“已经有同学创业融资了。”

“不混社群，以后找不到好工作。”

“既不能拼爹，也不能拼颜值，以后怎么办？”

每一代的年轻人遭遇的时代既相同，又不同。不同的是，时代要求的个人素质不一样，发展方向不一样。相同的是，当你走出校门，扑面而来的都是挫败感，都是不公平。

最近看到一个台湾的视频，做了一个有趣的试验——把几份求职简历，同时递给台湾企业界的各位大佬，为了公平起见，他们是看不到求职者姓名的，只能看到他们的履历。

第一位求职者A先生，被大佬们公认“成绩好，学历漂亮”，但是没有工作经验，被全员否决。

“这实在不是一份好履历。”

“我不会用他。”

“最大的弱点就是没有工作经验。”

第二位求职者B先生，干过洗车员、面包学徒、菜市场学徒，却只有中学学历，再次被集体否决。

“他的学历没有竞争力。”

“这样的人，都不喜欢。”

“第一瞬间基本上，就刷掉了。”

第三位求职者C，每个大佬拿到的简历都不同，但是每一个“C”都被否决了。

“这份简历很普通，二十九岁才工作不到一年。”

“他每个工作都只做了一个月。”

“三万二（新台币）偏高，毕竟才刚毕业。”

试验的最后，是大佬们把遮住名字的贴纸撕掉，他们的表情充满了惊讶和愧疚。

被吐槽“学历好但没工作经验”的A先生，其实是导演李安。他有一份漂亮的学历，但和电影无关的工作都不想做，宁愿当家庭煮夫，一直在三十三岁之前都没有什么工作经验，直到三十六岁才开始真正拍电影。

被诟病“打工无数但学历低”的B先生，是台湾著名的面包师傅吴宝春，因为从小家境不好，他只念了中专，为了养活家人，什么工作都做过！可是现在，他的面包店开遍全台湾。

A和B的真实身份已经够令人震惊了。“C”的身份并不惊人，却每一个都是他们身边最亲密的人：被嫌弃“简历普通，二十九岁才工作一年”的，其实是自己最好的兄弟；“一个月换一份工作”的，是自己从小看到大的朋友家小孩；而“刚毕业，就要求薪资三万二新台币”的，竟然是自己家的女儿！

沉默后的大佬纷纷表示，自己已经陷入经验主义，太容易去给一个年轻人贴标签，丝毫没有意识到一个平时非常优秀的人，不是一份简历可以完全呈现的。而身居要职的他们，很可能因为他们的傲慢、轻视、冷漠，就轻易毁掉了一个年轻人对自己的信心。

但这最后的惭愧，又能唤起多少人的同理心呢？又能让多少年轻人真正意识到，不是社会对你不公平，而是你对自己太随便了。

最近很多人把某著名自媒体人写的《职场不相信眼泪》发给我。

一个年轻姑娘，因为每天要帮老板拿五趟外卖而向父母哭诉。而老板却在自己的公号上，开篇就写道：这种玻璃心丝毫不值得同情，老板的时间才是最值钱的。职场不相信眼泪，而且你的玻璃心严重影响了我蹲厕所。

每个人都年轻过，我二十岁的时候做第一份工作，一样被骂，一样每天加班。但我被骂得心服口服，因为我的确不够优秀，即使再努力，也还是连入门级别都达不到。

这种责骂纯粹就事论事，不含任何人身攻击，也不含任何轻视和鄙夷。我知道，他们骂我，是因为对我有期望、有要求，不希望我年轻时候错过了最佳成长期、蜕变期。

但前提是，那个骂你的上司是有真才实学、人格魅力的，是真心愿意教你的，那样你才是赚到，你才值得主动加班，你才值得给她去拿五趟的外卖。没有这些，给你画再多大饼，也不值得你浪费时间，即便他是亿万富豪，也跟你没有任何关系。

第一，每一代的年轻人面临的都是不公平，是的，每一代。没有出身和背景，甚至没有名牌大学学历的我们，与其吐槽这种不公平，不如去决定，三五年后你要靠什么去搏一个公平。

第二，人生很长，不是一场短跑。有人一开始就领先，有的人三十岁才发力；有的人大器晚成，当然也有人终生平庸。但聪明的人都知道，你才是值得自己奋斗终生的品牌。一切积累都不会白费。

第三，不管你曾经做过什么，不管你现在正在做什么，不管你是什么学历，再小的个体也是一个品牌。请永远记得，只有你能为自己这个品牌负责。

我曾经推荐一个大学没毕业的朋友，去给我一个总编朋友当助理。他说：别人不会要我的吧，我现在只是一个电话销售员。

我跟他说：不要废话，把简历给我，我来帮你改。打开他的简历，果然全是视频里那种会被大佬否定的内容。

我问他：你为什么没有提你的文字功底很好？为什么不说你有大量的阅读积累？为什么不说你用一首诗泡到了一个姑娘？

他沉默了一会儿说，我会好好改简历，飞过去面试。

八年后，他成了一个估值过亿公司的高层。

年轻人，这世界的确欠你一个公平。

活到今天，也有许多人在我身后指着我说：这世界不公平。凭什么她得到那么多？

我觉得，那是因为流过的汗水比泪水更多，也因为永远对帮过你的人心存感激。因为这份感激，所以要把他们当年教给你的东西好好拿来战斗。因为感恩，所以要活得比他们优越，才对得起他们当年的责骂。

但我想，最大的幸运就是，我遇到了一帮觉得我和全世界其他人都不一样的读者，是她们让我看到自己具有更大的能量，可以给别人的人生带来深远的影响。

所以最后，谢谢你们陪我走到今天，见证我成为今天的十二。

人生最难的一件事，叫随遇而安

1

以前最无奈的时候，老人们劝慰说，随遇而安吧。每次他们说这句话的时候都透着对人生的很多无奈，但年轻人哪里听得进去？那个时候身边的人都在争，不争就是没出息没出路，随遇而安听着就像一种懦夫行为。

后来有个人跟我说，人活着就是把每一天安宁度过就好。每一天都一样，多无趣。

我不敢说我懂了那些，但是至少我现在知道了要雄心万丈，每一天糊里糊涂的日子，才是懦弱而幼稚的生活方式。

好久没有坐晚上的公交车回家，那天在车上摇摇晃晃，想起几年前的夜晚，我也是那样坐在公交车上，望着从那些大楼的窗口透出的灯光，心里想着：我什么时候能在这个城市有个属于自己的房子？有个自己的家？那时候真的以为很遥远，几年后实现的时候，并没有像曾经以为的那样激动和满足。

以前是以为自己有野心，但是处处都提不起精神、摸不着门路。现在是野心没有了，只希望自己能比以前做得好那么一点，一年一年，这样就好。

巴菲特说，最可怕的是复利，人生其实也不过如此。

这种转变，并非因为我自己得到了多么惨痛的教训，而是亲眼见到身边曾经那么幸运的人，到了中年一切从头开始的那种彷徨和失落。我是多么庆幸自己还年轻，还有时间一步步踏实地走。比起很多人更想快一点成为人生的幸运儿，我宁愿慢一点走。还有，随遇而安，不再强求。

这就是人生。所有人需要去学习并且不得不一直坚持去做的最难的事，只是这四个字：随遇而安。

2

三年前我喜欢一首词，叫《长相守》。

我写道："长相守"何止是个考验，它还是对抗，是争夺，是抵制，这三个波澜不惊的字，底下藏的何止是暗潮汹涌？

今天，我想说，随遇而安才是最大的考验。它是无休止的对抗、争夺、抵制之后，仍能怀抱最初的那颗心，好好感受这个世界，好好体会自己的人生，不抛弃、不放弃。

对今天的我来说，已是最好的结局。

步入婚姻这件事，从前想过无数种局面，真正到了此刻，脑子里却不再有任何的憧憬和画面感。没有蜜月旅行，但是短期旅行我们还是坚持每年两三次。也没有特别的惊喜和浪漫，就是每周拉手吃饭看电影逛超市，像许多平常夫妻一样。如果说有什么不同，那最大的不同就是除了明晃晃的婚戒之外，我们时常忘记真的是已婚了。

但是又有很多事不容你去忘记，比如人生圈子从此简单很多，比如再也不用去对其他异性抱有什么期待，比如不管你去哪里总会有个人问你什么时候回家。

这一年，说最多次的一个词是“回家”。

回家了吗?

什么时候回家?

回家吧，我想你了。

就是有那么一个人，不管刮风下雨、电闪雷鸣，他都会回家。就是有那么一个地方，不管什么时候，走远了，你就会惦记，会想着要回家。

小的时候，外婆每次来我们家不到一个星期就急着回去。我娘问：来了不多住几天，急着回去干吗？她说，好多事啊，家里要喂牛喂猪喂鸡，还得回去看看菜地。后来长大了，也会听到有人说要急着回家，因为衣服还没有收。那个时候，觉得真是好可笑，这些事有什么好在意的啊，出去玩多开心。

可是原来这样鸡毛蒜皮的事，你就是那样舍不掉。关于你的家，事无巨细都在你的脑子里，只有你知道什么东西放在什么地方，哪一样是在哪里买的，是从什么地方带回来的。

我懂了，为什么恋人在分开之后，最迫不及待做的一件事情是搬离旧房子。

你永远无法打败的地方就是这里，你的家。

3

撇开家庭琐事不说，人是会变得傻乎乎的：不愿意再去思考很多事情；

物质欲望陡然降低，不再害怕有一天会流落街头；每日睡到自然醒，最害怕的事情竟变成了世界末日。

回头看，日子过得快如白驹过隙。但是每一日又如水滴一样，看着时间一秒秒行进。天黑的时候，望着外面的灯光，客厅里一切物体的阴影，不再有黄昏的孤寂感，而是静静欣赏那一刻所有物品在窗外车水马龙映衬下透出的一种静谧的美。

我常常忘记我经历过了一些什么人和事。偶尔想起来，那些又确确实实是在我身上发生过的事。我也不再看亦舒看得咬牙切齿，偶尔想到她在加拿大的住所里，风光无比好的书房里，会不会想起年轻时候的爱恋，那些写《喜宝》《流金岁月》《人淡如菊》的岁月。

一个女人的一生就是这样很奇妙的事。

遇到谁，都会迸发出完全不一样的火花。她们的故事，有时候看起来完全不同，但确实都是来自同一颗心脏体验和经历的事。每一个传奇女性，都有本事将她们的前半生后半生演绎得截然不同。

然而，那都是她。

我们都曾有过那样的岁月，恨不得雌雄同体，斩除自己世界里的任何荆棘：不管是灯泡水管，还是搬重物抑或深夜独自回家。那样倔强过，脸上写着四个字：生人勿近。以为这世界大部分的同龄男性都令人失望，无法仰仗。好像只有一个遥不可及的对的人，只有他才能了解你为何这样苦苦支撑着自己的整个世界，愿意用全部的心疼和怜惜来守护你的一帘幽梦。

可是呢，恰恰是那样的岁月，那样的一颗心，最不懂得什么是先做一个女人，然后才是一个人。

4

走到今天的时光景深里，最最感谢的，还是时光。我曾经埋怨时光像一把刀，不会管你舍得还是不舍得，已然痛下杀手。今天，我还是感激它的决绝、蛮横，还有霸道。

时光教会我最大的一件事是，这世界的爱情不是任何小说或者电视剧里描述的那样：一个人爱你是无条件的，是他与生俱来的使命，是他不可推卸和颠覆的责任。不，任何一个人，都不应该因为爱或者不爱而被谁指责。在任何一段感情里，在你享受或悲伤的时候，都请记得，没有谁必须要这样做来满足你，因为人都是自私的。

我们都太容易沉浸在自我的语境中，而忽略大多数人也有他们的语境，悲苦也是一样。

在朝夕相处的日子里，在度过了磨合期之后，貌似我也如许多女人一样不再计较，特别是一些或许在恋爱里看起来比天还大的委屈事。然而真正的原因，并不是我被岁月打败了。

真正的原因是：你若不珍视另一颗心的可贵，你永远没有资格得到更多。这才是成人必须要接受的感情规则——将心比心。

此前，我们或许能以爱的名义无情地嘲笑一颗捧上的真心，又或者哀怨得不到爱。但是从今往后的岁月里，十年，二十年，没有谁会再给你无尽的特权来滥用。

请多给一些耐心和时间对待你身边的人，与爱情无关，只是因为他们可以仰仗的东西其实比你还要更少。

你必须承认，有一天，爱情会变成奢侈品。从前的爱情似乎伸手可得，很多人都随意地忽视和抛弃它。而有一天，当它不再那么触手可及，很多人已经无法平心静气地接受它的改变。

你愿意接受的爱情，却并不属于你。你不愿意接受甚至都无法正视的爱情，许多人却正在安心满足并且享受。不为其他，因为大家拥有的多了，能付出的却越来越少。你最好的结局，就是找到一个给你真正你所需的那个人。

请站在你今天的年龄，来看待爱情。一个女人最可贵的，不是其他，而是懂得做一个不苛刻的人。

我以为我一直在努力成为一个令人如沐春风的人，但其实，这条路还很远。我以为我以前懂了很多事，但现在才知道，那时候其实根本就没有懂，只是对方好心地以笑容来回报我。

最后一句，感谢人生给予今天的我一个这么好的结局。

其实，最好的年龄才刚刚开始

1

如果问我，现在最需要相信的事情是什么，我觉得太多励志的话语都是虚妄，唯一要相信并认定的只是这样一句话：不要为那年的青春哭泣，最好的自己你还没有遇到。

如果说有什么需要庆幸，那就是我从来不害怕变老，我害怕的是自己配不上如今的年龄。

作为女人，别的都不可怕，最怕的是死都要抓住青春的尾巴，不肯面对。

我从来不觉得最好的年纪是十八九岁。

或许那是很多人眼里的美丽年华，洛丽塔一样晶莹紧绷的小肉体，不管穿什么都好看。然而，于我来说，那是一个女人最美好却不自知的年龄。

彷徨，难过，不自信，不敢抬头挺胸走路，不敢抓住最想要的自己，任由那些误会和错过，伤了彼此。一道道伤痕下，逼着自己丢弃曾经的自己，根本不知道自己有多美丽。

要经历多少，一个女人才开始懂得自己其实值得更多嘉许？要流过多少眼泪，一个女人才明白那些抛弃和分离并不是因为自己不够好？

如果你说，再没有那么美丽的自己，最美丽的岁月再也不会回来，那一定是还没有看到如今的自己成长了多少，一味沉湎于以往的过错中，不肯好好珍视自己。

2

闺蜜今天跟我感叹：没想到，十年之后，最美最霸气的是曾经的那个小丫头。她不再是那个借由《手机》里的暴露镜头上位的姑娘了，也不在乎很多人说她张扬跋扈狐媚相。

娱乐圈向来不缺貌美又有金主捧的姑娘，她能成为今天的范爷，让我想到了曾经的李嘉欣。她们都是亦舒笔下的刘印子，不是不懂怎样才能讨好别人，只是更懂得怎样去讨好自己。

生得惊为天人算什么，二十年后，有人沦为平庸，有人成了女王。

你若不相信时光，那么首先被时光辜负的就是你自己。

我们在一起，从来不多去回忆当年的青涩面容。因为，我们都相信，最美好的岁月才刚刚开始。

以前觉得，岁月啊，人生啊，貌似好多期盼，却没有一样可以握在自己手上。

慢慢地，慢慢地，摊开手掌不再是空无一物，虽然失去很多，总归是有所得。时常在电影院看到穿着得体的中年女人，一起相约看一场喜欢的电影。

那眼角眉梢里难免会有些落寞，然而那浑身散发的笃定，那一身名牌也无法掩盖的气场，令人欢喜。那欢喜远胜过看到那些花枝招展却透着浮华气息的年轻女子。

也许到了那个年龄，太多憾事，太多身不由己，太多无法更改。

可是更美好的事是，终于摸到了淡定和释怀的尾巴，对自己的美丽有一种笃定，无须外人赞赏或是贬斥。

记得柯蓝有一次在节目里说的话。大意是，以前真的会觉得自己不够好看，有一天发现自己就是很美丽啊，为什么会不美丽呢?

更美丽的自己，你还没有发掘出来。天知道十年后谁才是最美丽的人?为什么不相信自己?我才不会信“有生之年，竟花光所有运气”这种话。没有任何一个男人，没有任何一段爱情，可以花光你的运气。管你是王子，还是白马，我一定坚持等待遇见更好的自己。我也一定不会拿自己的运气去换一个王子。

这世界，你最珍贵。

我期盼看到为人妻为人母的你们，成为一棵棵开花的树；我期盼你们能成为男人心里最敬重的女子，也能理直气壮地浪费时光，纵情享乐。

我不相信皱纹可以压倒美丽，我不相信时光真的会吞噬美好，我不相信时光增添的只有怨气，我不相信琐碎会带走所有的智慧。

最好的年龄是，你终于知道并且坚信自己有多好，不虚张，不浮夸，不需要众人捧，是内心明澈地知道：是的，我就是这么好。

（全文完）

后记

如果能和五年前的自己对坐而谈

五年后，重新面对这本书的书稿，那种感觉很奇妙。

似乎对面坐着那个五年前的自己，她有着二十几岁女生都有的那些烦恼。

该不该向这个世界庸俗势利的那一面低头呢？

该不该对爱情还心存幻想，尽管很多人告诉你这是不切实际的？

男人到底是一种什么样的奇怪生物，还能信任他们吗？

什么时候才能在这个城市落地生根？

要不要回到压力更小的城市？

二十五岁，注定是一个问题比答案更多的年龄。

与其说，你处处表现出和这个社会的格格不入，不如说，你是舍不得改造过去的自己，因为你不相信，改造了就一定有很美妙的未来。

你身边似乎有很多可以参照的案例和范本，但并不知道到底哪条是你自己该走的路。

这本书里的很多文字，是二十五岁的我，关于未来的投石问路。

里面那些幽暗的情绪，那些无时无刻都会冒出来的沮丧和怀疑，我在文字里一点一滴记录下来。

回过头看，似乎有一些幼稚。

但更多的是一种感动。

原来我也曾那样痴傻过。

原来谁不是那样痴傻过。

但就是这样一点点拼凑出了一些答案，找到了一点自信。

很多人说，我的文字具有强大的疗愈能力。

我想，这源于其中的真实。

爱过人渣，也面对过欺骗和背叛。

知道人都非善类，也知道自己会伤人。

害怕自己变老，但更怕青春的努力只是徒劳。

不试图去欺瞒自己，也不试图去麻醉自己，承认每个阶段不同的自己，相信时光不会辜负你。

最终找到一个属于自己的坐标。

可以稳稳的站在那里。

问题虽然依然很多，但怀疑渐渐少了很多。

我想，我会跟五年前的自己喝酒，而不是喝茶。

因为，我知道，我们无需讲那么多道理，只需要痛饮人生这杯酒，那些悲欢离合、喜怒哀乐。

我知道，她一定会问我：未来会好吗？我会变成那个讨厌的自己，还是喜欢的自己？

而我会这样回答她：未来既不好，但绝不坏。

你没有变成喜欢的自己，但绝没有变成那个讨厌的自己。

人生和你当初想的的确有些不一样，没有那么多浪漫和纯粹，琐碎和平淡占据了大部分的时光，但你还是找到了更好的自己。

而她是这样回答我的：嗯，最好的年龄才刚刚开始。

十 二

当代都市女性主义作家，

“不畏将来 不念过去”品牌创始人，

倡导女性自爱、自立、自信的理念，

代表作《不畏将来 不念过去》畅销两百万册。

已出版作品：

《不畏将来 不念过去》

《女心》

《贪心的女人更好命》

谢谢。您选择的是一本果麦图书

诚邀关注“果麦文化”微信公众号

最好的年龄才刚刚开始

产品经理｜张祖乐　装帧设计｜王　雪

技术编辑｜顾逸飞　策 划 人｜路金波

图书在版编目（CIP）数据

最好的年龄才刚刚开始 / 十二著. -- 杭州 : 浙江文艺出版社, 2017.6

ISBN 978-7-5339-4850-4

Ⅰ.①最… Ⅱ.①十… Ⅲ.①散文集—中国—当代②短篇小说—小说集—中国—当代 Ⅳ.①I217.2

中国版本图书馆CIP数据核字（2017）第064561号

责任编辑　金荣良
特约编辑　张祖乐
装帧设计　王　雪

最好的年龄才刚刚开始
十二 著

出版　浙江出版联合集团
　　　浙江文艺出版社
地址　杭州市体育场路347号　　邮编　310006
网址　www.zjwycbs.cn
经销　浙江省新华书店集团有限公司
　　　杭州果麦文化传媒有限公司
印刷　河北鹏润印刷有限公司
开本　880mm × 1230mm　1/32
字数　169千字
印张　8.25
印数　1-27,000
插页　2
版次　2017年6月第1版　2017年6月第1次印刷
书号　978-7-5339-4850-4
定价　36.00元